W0221833

Halt!

Bevor du weiterliest,
solltest du dir die Seite 2
im eingelegten Begleitheft
(Codex) anschauen!

Anna Maybach
mit Rätseln von Inka und Markus Brand

EXIT DAS BUCH

Der Keller der Geheimnisse

KOSMOS

Umschlaggestaltung: Walter Typografie & Grafik, Würzburg
unter Verwendung einer Illustration von Sylvia Christoph

Illustrationen im Buch und Begleitheft sowie auf der Umschlaginnenseite
von Burkhard Schulz, Düsseldorf

Bildnachweis: Seitenhintergrund Buch S. 1–144 © shutterstock.com, S. 70 (post-it) © fotolia.com; Seitenhintergrund Codex S. 2–3 © fotolia.com; Seitenhintergrund Codex S. 4–15 © textures.com, Codex S. 10 (Notizzettel) © fotolia.com; alle übrigen © weiss-freiburg

Unser gesamtes lieferbares Programm und viele
weitere Informationen zu unseren Büchern,
Spielen, Experimentierkästen, DVDs, Autoren und
Aktivitäten findest du unter **kosmos.de**

MIX
Papier aus verantwortungsvollen Quellen
FSC® C084279
FSC
www.fsc.org

Gedruckt auf chlorfrei gebleichtem Papier

© 2017, Franckh-Kosmos Verlags-GmbH & Co. KG, Stuttgart
Alle Rechte vorbehalten

ISBN 978-3-440-15697-1

Redaktion: Ina Lutterbüse
Lektorat: Claudia Müller
Produktion: Verena Schmynec
Innenlayout, Satz und Grafik: Weiß-Freiburg GmbH –
Graphik & Buchgestaltung
Druck und Bindung: Print Consult GmbH, München
Printed in Slovakia / Imprimé en Slovaquie

005

Y■L

+-+-SOMMER-+-+

Der Abend, von dem ich dachte, er würde einer der langweiligsten meines Lebens, wurde einer der aufregendsten Abende überhaupt – und einen aussetzenden Herzschlag lang befürchtete ich sogar, es sei mein letzter.

Warum mir in diesem Augenblick ausgerechnet Wahrscheinlichkeitstheorie einfiel, weiß ich nicht. Aber wenn null ein Ereignis beschreibt, das nie, und eins ein Ereignis, das sicher eintreten wird: Wie viele weitere Nullen stünden wohl hinter dem Komma für die Wahrscheinlichkeit, auf einer Spendengala der Schule plötzlich jemandem mit Löwenmaske und Waffe gegenüberzustehen?

Aber genau das ist passiert. Mir. Dabei war ich erst seit Kurzem auf dem Leonardo-da-Vinci-Gymnasium. Und wenn es nach mir gegangen wäre, wäre ich gar nicht hier gewesen. Nicht auf der Schule und nicht auf der Spendengala.

Es war der erste warme Tag. Die Luft roch nach Sommer und Salz. Das Meer war nicht weit, einer der wenigen Vorteile, mit dem mich meine Mutter zu ködern versucht hatte.

„Du hast das Meer doch immer gemocht."

Das tat ich noch. Aber wohnen wollte ich lieber in der Stadt.

Als meine Mutter aus der Kanzlei anrief, hoffte ich kurz, dass sie es nicht pünktlich schaffen würde. Dass der Abend mir gehören würde. Füße auf dem Balkongitter, Musik auf den

Ohren, den Blick ins diesige Blau gehen lassen. Doch meine Mutter würde sich bloß etwas verspäten.

Als wir zusammen die Aula betraten, war sie fast bis auf den letzten Platz besetzt, nur in den hinteren Reihen war noch etwas frei. Wenigstens musste ich so nicht vorne sitzen, Aufmerksamkeit heucheln oder nichtssagende Floskeln mit Lehrern austauschen: „Ah, Luca, das ist also deine Mutter. Wie schön, Sie kennenzulernen, Frau Masur. Und, wie gefällt es Ihnen beiden bei uns?"

Gar nicht. Ich will zurück nach Berlin.

Was wohl passieren würde, wenn alle sagten, was sie dachten? Ich war sicher nicht der Einzige, der lieber woanders gewesen wäre als auf dieser Veranstaltung, die so war, wie solche Veranstaltungen eben sind. Etwas größer und aufwendiger als an meiner alten Schule, die eine ganz gewöhnliche Schule gewesen war und keine vielfach ausgezeichnete wie das Leonardo-da-Vinci-Gymnasium, das die Schwerpunkte Kunst und Wissenschaft hatte.

„Wie geschaffen für dich, Luca! Hier werden deine Talente doch viel besser gefördert" (zweiter Köder meiner Mutter). Ja, vielleicht hatte ich hier tatsächlich mehr Möglichkeiten, aber Schule ist nun mal nicht alles.

Ich versuchte, eine einigermaßen bequeme Sitzhaltung zu finden, und sah mich um. Die meisten waren festlich gekleidet, die Aula war geschmückt, aber es war trotzdem eine Aula mit Plastikklappstühlen und Topfpflanzen in den Ecken. Die Jalousien vor den bodentiefen Fenstern sperrten den Frühsommerabend aus, nur durch einen schmalen Spalt fielen ein paar Strahlen der Abendsonne. Das Scharren der Stuhlbeine auf dem Fischgrätparkett und das Gemurmel verstummten, als Kemnat, der Direktor, auf die Bühne trat und die Eröffnungsrede hielt.

Schön hintergründig und scharfsinnig, fand meine Mutter.

Schön kurz, fand ich.

„Er ist charmant", sagte meine Mutter.

Mh. „Er ist in Ordnung."

Wenigstens hatte Kemnat Humor. Er konnte sarkastisch sein, aber er nutzte das nie, um jemanden bloßzustellen. Sich mit ihm auf eine Diskussion einzulassen konnte zwar schnell in einer Niederlage enden, aber er nahm uns und das, was wir sagten, ernst. Dinge infrage zu stellen war bei ihm ausdrücklich erwünscht. Auch sonst hob er sich vom Gros der Lehrer ab. Für einen Direx war er ziemlich jung und irgendwie ... echt. Einfach er selbst.

Nachdem Kemnat seine Ansprache beendet hatte, wurde ein schmächtiger Herr in einem staubgrauen Anzug ans Rednerpult gebeten. Es war der Filialleiter der größten Bank vor Ort, der die Spendenaktion überwachen sollte. Harms oder Herms, ich hatte nicht genau aufgepasst. Während er sein Manuskript zurechtlegte, wurde ein mit Rollen versehenes Podest auf die Bühne geschoben, darauf ein nicht sehr großer, aber massiver Tresor aus hellgrauem Stahl. Er schien schwer zu sein, zumindest nach dem angestrengten Gesichtsausdruck des Hausmeisters zu urteilen, der Mühe hatte, die Feststellvorrichtung der Rollen einrasten zu lassen.

„Fast dreihundert Kilo, mehrwandig, drei Sicherheitsschlösser, darunter ein elektronisches mit PIN-Code, verschließbare Einwurfschublade mit Rückholsperre – Ihre Spenden sind bei mir sicher." Harms-oder-Herms lächelte leicht. „Und keine Sorge, Schlüssel und Code werden von drei verschiedenen Personen verwahrt, ich kann also nicht in Versuchung kommen." Da er dabei den Direktor ansah, lag es nahe, dass dieser eine der drei Personen war.

„Die Herren, die Sie draußen vor den Eingängen der Schule gesehen haben, werden den Transport in die Bank überwachen." Über die Sicherheitsleute und Einlasskontrollen hatte ich mich schon gewundert, aber sie ließen die Veranstaltung natürlich seeehr bedeutsam erscheinen.

Ich sank etwas tiefer in den Stuhl und beneidete den Hausmeister, der sich leisen Schrittes Richtung Ausgang bewegte. Er zog fast unmerklich ein Bein nach – das war mir noch nie aufgefallen.

Unter anhaltendem Applaus betraten dann zwei der größten Förderer der Schule die Bühne: das Ehepaar Janssen. Beide waren selbst auf dem Leonardo-da-Vinci gewesen und besaßen eine erfolgreiche Firma für Sicherheitstechnik. (Am Tresor prangte in großen Buchstaben das Firmenlogo.) Ihr Sohn, Ben, ging mit mir in eine Klasse. Die ganze Janssen-Dynastie schien auf dieser Schule gewesen zu sein, ein Cousin von Ben hatte gerade Abi gemacht.

Auf die Rede der Janssens folgten weitere, die keinen Inhalt hatten, bis auf den, den Leuten möglichst viel Geld aus der Tasche zu ziehen. Und es funktionierte. Das Leonardo-da-Vinci-Gymnasium hatte viele Gönner: Unternehmer aus der Umgebung und gut verdienende Eltern, die für ihre Kinder die bestmögliche Ausbildung anstrebten. Niemand wollte kleinlich erscheinen. Allein die Janssens spendeten 50.000 Euro. In etwas mehr als anderthalb Stunden kamen fast 400.000 Euro zusammen, und das war erst die Halbzeit. Natürlich hatte ich nichts dagegen, wenn alle Klassenräume mit interaktiven Tafeln ausgerüstet und die Brache neben dem Sportplatz zum Schulgarten werden würde, aber dagegen, weitere anderthalb Stunden hier zu sitzen, hatte ich sehr viel.

Zwischen Reden und Spenden lagen Auftritte der Schüler: die Ballettgruppe der fünften Klassen, physikalische Experimente der sechsten, Poetry-Slam der siebten, ein Wunderkind aus der achten spielte Klavier. Als die Theater-AG der neunten Ausschnitte aus ihrer Musicalaufführung zeigte, wollte ich nur noch eines: hier raus.

Ich schaute mich nach einer Fluchtmöglichkeit um, aber meine Mutter erriet meine Absicht. „Denk nicht mal dran!“

Also gab ich mein Vorhaben auf, obwohl ich sicher war, dass es niemandem aufgefallen wäre, ob ich da war oder nicht. Als meine Mutter sich kurz darauf zu ihrem Sitznachbarn beugte, um ein paar unverbindliche Worte zu wechseln, steckte ich mir unauffällig die Kopfhörer in die Ohren, die unter meinem Hemd kaum auszumachen waren.

Mit der richtigen Musik war selbst die sonderbare Choreografie zu ertragen. E-Gitarre, Bass, Schlagzeug und Gesang. Vier Akkorde, eine zurückgenommene Melodie, eine Stimme wie Sandpapier. Sie raut die Oberfläche auf, sickert unter die Haut, flutet dich und reißt dich hoch auf der Welle der treibenden Riffs. Plötzlich fühlst du, was du bis dahin noch nie gefühlt hast, etwas, von dem du nicht mal wusstest, dass es in dir ist, plötzlich spürst du, dass du lebst. Hier und jetzt.

Ich liebte diese alten Sachen, Garage Rock, Punk, Grunge ... Die Sammlung, die ich besaß, gehörte zu den wenigen Dingen, die mir von meinem Vater geblieben waren, nachdem er beschlossen hatte, ein neues Leben anzufangen, und gegangen war.

Ich wippte mit dem Fuß im Takt und ließ meinen Blick über die Menge wandern. Der ältere Mann schräg vor mir war eingenickt und selbst unsere sonst so energiegeladene Klassenlehrerin, Dr. Müller (Bio und Chemie), schien ihre Augen nur mit Mühe offen halten zu können. Auf der anderen Seite des Ganges warf irgendwer mit Papierkügelchen, von denen einige, mit Absicht oder nicht, Galeske trafen. Galeske, genannt

Galle, was ziemlich genau den Grad seiner Beliebtheit spiegelte, unterrichtete Physik. Leider auch in meiner Klasse. Einer der spuckefeuchten Schnipsel blieb zwischen Hemdkragen und Hals stecken, leuchtend weiß inmitten hektischer roter Flecken. Fachlich mochte Galle eine Koryphäe sein, aber sonst? Schüler waren ihm suspekt, Störfaktoren in einem fast vollkommenen Universum. Aber die Prüfungen waren vorbei, „seine" Abiturienten, die neben ihm in der Reihe saßen, mussten keine guten Noten mehr ergattern, mussten nur noch die Abifeier hinter sich bringen, dann waren sie frei.

Die meisten von ihnen kannte ich nicht, bis auf Jörn Janssen, den kannte jeder. Vorzeigeschüler, Segelcrack (selbst *heute* trug er das T-Shirt des Segelteams unter seinem weißen Hemd). Sonnengebleichte Haare, nebelgraue Augen, ein Lächeln, das die meisten sympathisch fanden. Die Hälfte der Mädchen war in ihn verknallt, die Hälfte der Jungs wollte so sein wie er. Allen voran sein Cousin Ben. Zu zweit waren die beiden unerträglich. Jörn sah auf die Bühne, als warte er auf etwas, vielleicht auf das Ende des Abends. Ein paar Stühle weiter saß eines der beiden Mädchen aus dem Physikleistungskurs: Lali. Lange, rote Haare, Sommersprossen und ein ansteckendes Lachen. Als sie sich zurücklehnte, sah ich am Ende der Reihe Mina, die in meiner Klasse war. Wieso saß sie da? War der Typ neben ihr, der angespannt auf seine Uhr schaute, ihr Bruder? Eine gewisse Ähnlichkeit war da …

Vielleicht hatte Mina meinen Blick bemerkt, vielleicht war es Zufall, aber sie wandte ihren Kopf und sah mich direkt an. Ich sollte irgendetwas tun, nicken oder so. Schief grinsen, um zu sagen: Öd ist das! Aber ich tat nichts. Mina hob eine Augenbraue und schaute dann weg.

Jetzt stand Galle auf. Er nickte Jörn kurz zu, der sich erhob und durch den Seitengang Richtung Tür ging. Anscheinend kam jetzt der Abijahrgang dran. Der Spendenstand lag mittlerweile bei 450.000 Euro. Galle trat auf die Bühne (auch das noch!), hinter ihm versammelte sich der Schulchor. Ich warf einen schnellen Blick ins Programmheft, das meine Mutter auf dem Schoß hielt. Wir näherten uns dem Ende. Uff! Aber durch mein Vorbeugen entdeckte meine manchmal zu scharfsinnige Mutter die Kopfhörer. Das war's mit der guten Musik.

Galle nahm umständlich hinter dem Rednerpult Aufstellung. Er sprach ohne besondere Betonung, was es noch schwerer machte, ihm zu folgen. Es ging um die Besonderheit der Schule, um Forscherdrang und Wissensdurst, um die Genialität da Vincis, der nicht nur die Mona Lisa gemalt, sondern auch die ersten Roboter erfunden hatte. Einen davon hatte *sein* Leistungskurs Physik nachgebaut, einen mechanischen Löwen, der um 1515 für einen französischen König entworfen worden war.

„Der Legende nach soll der Löwe auf den Monarchen zugegangen sein, sich vor ihm aufgerichtet und durch einen komplizierten Mechanismus Lilien gestreut haben."

Die Flecken auf Galles Hals nahmen mit steigender Begeisterung zu. „Auf die Lilien haben wir verzichtet; aber das Kätzchen wollen wir Ihnen nicht vorenthalten!“

Zwei farbige Scheinwerferkegel modellierten aus dem Schatten der Seitengasse den lebensgroßen Nachbau des Löwen heraus. Er war aus hunderten von Teilen zusammengesetzt. Die Konturen von Kopf, Vorder- und Hinterläufen waren in abnehmender Größe mehrfach aus Sperrholz ausgeschnitten und übereinandergeleimt worden, sodass die Wirkung – wie bei einem Relief – eine plastische war. Die Mähne wie der Brustkorb waren aus einzelnen Bögen gefertigt, die in gleichmäßigem Abstand skelettartig so hintereinandergesetzt waren, dass sich die vollendete Silhouette eines Löwen ergab, aber dennoch das darunterliegende Getriebe aus Zahnrädern, Gelenkscheiben und Seilen erkennbar blieb.

Während der Chor der Schüler ein Renaissance-Madrigal anstimmte, setzte sich der Roboter langsam in Bewegung. Ich war sicher nicht der Einzige, der sich fragte, ob sich der Physikleistungskurs statt der Lilien etwas anderes ausgedacht hatte und ob etwas Besonderes passieren würde. Wir wurden nicht enttäuscht!

Als der Löwe in der Mitte der Bühne stand, schossen plötzlich mit lautem Zischen Nebelraketen zwischen den Rippenbögen hervor und hüllten Bühne und Aula in bunten Rauch. Auch aus einigen der Topfpflanzen quollen dichte, farbige Schwa-

den. Anfangs hielten das alle für einen Teil der Vorführung. Anfangs. Bis aus dem bunten Nebel Stimmen drangen: „Das ist ein Überfall. Auf den Boden und nicht bewegen!"
Ungläubige, erschrockene Rufe schwirrten durch den Raum.
„Ruhig bleiben und nicht den Helden spielen! Dann passiert auch niemandem was."
Stühle wurden gerückt, die Ersten sanken auf die Knie. Aus dem Rauch trat eine Gestalt in einem blauen Einwegoverall, wie ihn die Ermittler der Spurensicherung in Krimiserien trugen. Unter der Kapuze lugten braune Zotteln hervor, die ich zunächst für Haare hielt, die jedoch zu der Mähne der Löwenmaske aus Latex gehörten, die Kopf und Gesicht verhüllte. In der einen Hand hielt die Gestalt etwas, das wie ein Megafon aussah, aber ein Stimmenverzerrer war, in der anderen Hand eine Pistole. So stieg Löwenmaske auf die Bühne.
Dass ich aufgesprungen war und wie festgewachsen im Gang stand, wurde mir erst bewusst, als meine Mutter an meinem Arm zog.
„Die Türen sind verschlossen, also denken Sie nicht mal an Flucht." Düsterer, heiserer Klang.
Das war so absurd.
„Aber wenn Sie tun, was ich sage, ist das hier in ein paar Minuten vorbei."
Während ich mich auf den Boden legte, sah ich noch, wie die Gestalt auf den Direktor und Galle deutete.

„Sie beide! Sie laden den Safe auf die Sackkarre! Und Sie: Her mit dem Schlüssel!" Jetzt klang die Stimme weiblich.
„Alle anderen nehmen Uhren und Schmuck ab und legen ihn mit den restlichen Spendenumschlägen in diesen Beutel, den ich herumgehen lasse."
Wieder änderte sich die Tonlage. „Sie fangen an!"
Keine Ahnung, wen es als Ersten getroffen hatte, ich sah nur noch Stuhlbeine und am Boden kauernde Körper.
„Ein bisschen schneller, wenn es geht. Und den Siegelring nicht vergessen."
Obwohl es noch eine Weile dauern würde, bis der Beutel bei uns ankommen würde, nahm meine Mutter ihren Schmuck ab und drückte ihn mir in die Hand. Sie machte mir Zeichen, dass ich ihr Deckung geben sollte. Hinter meinem Rücken, im Schutz des farbigen Dunstes, der langsam zu Boden sank, nestelte sie ihr Mobiltelefon aus der Tasche. Sie wählte die 110, doch sie hatte kein Netz. Vorsichtig schob sie sich Richtung Fenster.
„Falls jemand auf die Idee kommen sollte, den Notruf zu wählen, vergessen Sie es. Der Empfang ist blockiert."
Ich fuhr zusammen. Hatte uns jemand gesehen? Vorsichtig hob ich den Kopf, konnte jedoch niemanden ausmachen. Wo auch immer sich die Komplizen von Löwenmaske befanden, deren Stimmen noch vor wenigen Minuten aus allen Ecken des Raumes gekommen zu sein schienen, hier hinten waren sie nicht. Glaubte ich zumindest, denn weitere Rauchbomben

wurden gezündet, vernebelten die Sicht und lösten einen unstillbaren Hustenreiz aus. Doch die Schwaden waren längst nicht mehr so dicht wie zu Beginn, das schien auch Löwenmaske nervös zu machen.

„Beeilt euch. Ich hab nicht ewig Zeit!"

Ein Ächzen, ein dumpfer Aufprall. Der Tresor war allem Anschein nach auf die Sackkarre gewuchtet worden. Ich sah zur Aulatür. Ob sie nachgeben würde, wenn sich jemand dagegenwarf? Nicht den Helden spielen ... In meiner Vorstellung war das einfach, da flog die Tür auf, der Schwung trug mich bis in den Flur, alle rannten aus dem Saal, bevor Löwenmaske und die anderen reagieren konnten.

In meiner Vorstellung.

In Wirklichkeit würde sich jemand, der so schmal war wie ich, eher die Schulter auskugeln, als die Tür zum Nachgeben zu bewegen. In Wirklichkeit traute ich mich nicht.

Damit war ich nicht allein, wenn ich mich so umsah. Alle lagen bäuchlings auf dem Boden, wagten kaum, einander anzuschauen.

Mein Nacken schmerzte, der Geruch von verbranntem Plastik und Schweiß biss mir in der Kehle, meine Hände waren feucht. Jemand wimmerte leise. Davon abgesehen war es beklemmend still.

Draußen zwitscherten Vögel in der Dämmerung.

Draußen standen auch die Sicherheitsleute, die eigens für

heute engagiert worden waren. Draußen. Aber wenn sie schon vor den Eingängen der Schule standen – wieso hatten sie nichts mitbekommen? Wie konnten diese Typen an ihnen vorbeigelangen? Wie ...

Jemand stupste mich an der Schulter. Ich schrak zusammen, doch der Junge, der mir den Beutel mit den Uhren und dem Schmuck reichte, sah noch schlimmer aus, als ich mich fühlte. Sein Gesicht war fahl, die feuchten Haare klebten ihm an der Stirn, er schluckte krampfhaft. Ich hätte gern etwas getan, damit es ihm besser ging, ohne eine Ahnung zu haben, was das sein könnte. Also nickte ich ihm nur zu und kam mir ziemlich dumm vor, als sich quietschende Sohlen näherten und auf meiner Höhe stoppten. Ich sah auf, direkt in den Lauf der Pistole.

„Das nehme ich.“

Eine Hand in blauem Latexhandschuh wurde fordernd aufgehalten, ich robbte zum Gang und übergab den Beutel. „Und jetzt: Aufstehen!“

Doch mein Kopf war leer, die Strecke von meinem Gehirn zu meinen Beinen zu lang. Mit einem Winken der Waffe wurde mir bedeutet, schneller zu machen.

Irgendwie kam ich hoch.

„Aufschließen und aufhalten!“

Ein Schlüssel wurde mir in die Hand gedrückt. Ich fummelte ihn unbeholfen ins Schloss der Aulatür und öffnete sie. Dann

gab ich, ohne dass eine weitere Aufforderung nötig war, den Schlüssel zurück. Die Waffe war die ganze Zeit auf mich gerichtet, während Löwenmaske mich zwang, die Sackkarre aus dem Saal zu schieben. „Zurück!“
Ich tat, was ich sollte, die Doppelflügel fielen krachend zu, der Schlüssel drehte sich. Ein kratzendes Geräusch, von außen wurde etwas durch die beiden Griffbügel geschoben. Ich lehnte mich gegen die Wand. Allein konnte ich nicht mehr stehen. In dem Moment wünschte ich, dass der Abend einfach nur langweilig geblieben wäre.

Ende Prolog

Lies weiter auf S. 71!

Ben zog am Bügel und das Schloss löste sich. Der Schrank war offen – und bis oben hin voll mit den unterschiedlichsten Werkzeugen, Stativen, kleinen Scheinwerfern, Prismen und allem möglichen anderen Kram. „Nee, ne?!“, sagte Mina.
Ben seufzte, fügte sich aber ins Unvermeidliche und begann, das mittlere Fach auszuräumen. Leider wurde hinter den ganzen Geräten nicht die erhoffte Tür, sondern bloß die Rückwand des Schrankes sichtbar. Sie war verschraubt, was uns vor ein neues Problem stellte.
„Wir brauchen einen Schraubenzieher“, sagte Ben.
„Hast du einen?“, fragte ich.
„An meinem Taschenmesser schon ...“
Das Aber schwang mit, nur hörte Mina es nicht. „Du hast ein Taschenmesser dabei? Und das sagst du erst jetzt?“
„Für wie blöd hältst du mich?!“ Ben schüttelte den Kopf. „Galle hat es mir abgeknöpft. Es liegt oben im Klassenraum. In seiner Schublade.“
Dort lagen auch diejenigen Handys, die Galle mit dem immer gleichen Spruch konfiszierte, wenn er jemanden im Unterricht damit erwischte: „Mit dem Daumen denken klappt nicht.“
Ausnahmsweise meinte das Schicksal (oder der große Unbekannte) es gut mit uns, wir entdeckten in einer Kiste mit Zubehör für die Scheinwerfer einen Zwergschraubenzieher. Einige – auffällig locker sitzende – Schrauben später löste sich die Rückwand, die sich in den Spalt zwischen Schränken und

Mauer drücken und etwas nach links beiseiteschieben ließ. Rechts dahinter kam tatsächlich und unwiderlegbar die Klinke einer Tür zum Vorschein. Die Klinke einer verriegelten Tür. (Habt ihr etwa was anderes erwartet?)

Frustriert ließ Ben den Kopf gegen das Türblatt sinken. *Deng. Deng-deng,* schlug Ben ihn leicht dagegen; aber abgesehen davon, dass er einen roten Striemen auf der Stirn davontrug, bewirkte das nichts.

„Du hast da was!“ Mina machte ein flüchtiges Zeichen über ihrer Schläfe, als Ben sich umwandte. Das, was ich im verschatteten Schrankinnern, aus dem Ben jetzt trat, für eine Druckstelle gehalten hatte, war Farbe.

„Schieb die Rückwand mal ein bisschen weiter!“, forderte Mina Ben auf, der prompt eine Kehrtwendung machte.

„Mist! Das Teil hat sich verhakt!“

Ich quetschte mich, so gut es ging, mit in den Schrank und mit vereinten Kräften schafften wir es.

An der Tür hing eine Zeichnung von Physik U1 (eine sehr gute Zeichnung). Neben Stühlen und Tischen und dem Kram auch die Kugelbahn oder die Uhr oder einige der Modelle – wie zum Beispiel die Brücke aus Zahnstochern oder eine der Flugmaschinen. Daneben standen Buchstaben und Zahlen, und über allem die Sätze: „Nur dein Buch kann helfen. Achte auf die Pfeile und den Winkel!“

„Was soll das denn wieder heißen?“, seufzte Ben.

Ich war genau so schlau wie er.

Was ist mit dir?
Findest du die Zeichnung?

1

2

3

4

5

6

7

8

9

0

Ben und Mina behielten recht. Die Karte war eine Botschaft und Ben lieferte den entscheidenden Hinweis für die richtige Reihenfolge der Ziffern. „Juli 72! Da hat mein Vater seine erste Jolle bekommen. Das erzählt er bei *jedem* Törn!“
Ben gab die Zahlen ein, ein sattes *Klick* – die Tür ließ sich trotzdem nicht öffnen, solange uns noch ein Schlüssel fehlte.
„Ihr habt ihn tatsächlich gefunden!“

Wir fuhren herum. Wir waren so auf den Tresor fixiert gewesen, dass wir nicht darauf geachtet hatten, was hinter uns passierte.
„Ich kann euch gar nicht sagen, wie sehr ihr mir damit helft.“
Nadjafi. Er machte einen Schritt auf uns zu. Wir wichen zurück. Was, wenn er doch Nummer zwei war? Nur nicht schlau genug, um den Tresor und den Schlüssel zu finden?
„Nicht! Ihr müsst keine Angst haben! Ich ... ich war das nicht!“
„Ach nein?“ Mit zwei Worten konnte Mina tiefe Ätzspuren hinterlassen. „Sie haben uns also nicht hier eingeschlossen, nicht dafür gesorgt, dass wir die Klassenfahrt verpassen und uns keiner vermisst? Und würden uns *nie* das ganze Wochenende hier festhalten, wenn wir den Tresor nicht gefunden hätten ...“
„Schon, nur ... nein!“
Mina ließ Nadjafi nicht ausreden. Ich verstand von dem, was sie ihm alles an den Kopf warf, nicht ein Wort, weil sie von einer Sprache in die andere wechselte, aber dass sie ihn und

seinen Charakter in seine Bestandteile zerlegte, verstand ich sehr gut. Ich hoffte nur, dass ich nie Ziel ihres Zorns werden würde.

„Lass den armen Kerl leben!“, erklang da eine blecherne Stimme aus dem Flur.

WTF?

Eine Gestalt mit Löwenmaske und blauem Overall trat in den Türrahmen, in der einen, latexbehandschuhten Hand hielt er etwas, das wie ein Megafon aussah, aber ein Stimmenverzerrer war, in der anderen eine Pistole.

Ich HASSE Déjà-vus.

Löwenmaske stockte bei dem Anblick, den der Raum bot, und pfiff durch die Zähne. „Ihr wart wirklich gründlich ...“

Wir alle sahen von Wem-auch-immer zu Nadjafi. Hatte er uns doch reingelegt?

„Es tut mir so leid!“, stammelte der. „Ich hatte wirklich keine Ahnung ...“

„Er sagt die Wahrheit.“ Löwenmaske bedeutete uns mit der Waffe, vom Tresor wegzugehen. „Er hatte nichts mit der Sache zu tun. Er war nur zur falschen Zeit am falschen Ort – und der perfekte Sündenbock.“

„Und ... Jörn?“ Ben musste einfach fragen.

„Tja, Jörn hatte wohl andere Pläne als die, die dein Vater für ihn gemacht hat.“ Düsterer, heiserer Klang. „Leider hat er Panik bekommen und ist abgehauen. Ohne mir zu verraten, wo der Tresor ist. Und danach ... hatte er wohl keine Gelegenheit mehr dazu."

Ben ballte die Fäuste.

„Tut mir leid, Kleiner."

Wenn Blicke töten könnten.

„Woher wussten Sie ...?" Mina brach mit einer Handbewegung ab.

„Nadjafi hat euch beobachtet, ich hab ihn beobachtet ..." Die Tonlage veränderte sich erneut. „Er kennt sich nun mal am besten in der Schule aus. Dass er euch mit reinzieht, war nicht vorgesehen. Aber ein kluger Schachzug."

Nadjafi wollte etwas sagen, doch Löwenmaske machte eine verneinende Geste mit der Pistole.

„Genug geredet. Luca?"

Oh nein, nicht schon wieder!

„Würdest du den Tresor für mich öffnen?" Jetzt klang die Stimme viel höher, weiblicher. Stimmenverzerrung oder doch Doc Müller? Von der Größe her könnte es hinhauen.

„Ich ... wir haben den zweiten Schlüssel nicht ..."

„Aber ich."

Woher? Wirre Fragen schossen mir durch den Kopf, aber es blieb keine Zeit zum Nachdenken.

„Ich werde ihn dir geben, du wirst den Tresor öffnen und das Geld in Bens Sporttasche packen. Verstanden?"

Ich bekam nur ein Krächzen heraus. Doc Müller oder wer auch

immer legte das Megafon weg und fasste in die Tasche des Overalls.
Diesen Moment nutzte Nadjafi. Er stürzte sich auf Löwenmaske, packte den Arm mit der Waffe und riss ihn nach oben. Diesmal war die Pistole definitiv keine Gaspistole. Ein ohrenbetäubender Knall, eine Kugel bohrte sich in die Decke. Ich warf mich auf den Boden, wofür es allerdings zu spät gewesen wäre, wenn ich noch in der Schusslinie gestanden hätte. Ben und Mina gingen hinter dem Schreibtisch in Deckung. Löwenmaske kassierte zwar eine Kopfnuss (die wahrscheinlich vom Gummi und Fell abgefedert wurde), erholte sich aber schnell von der Überraschung, brachte Nadjafi mit einem Beinhaken zu Fall und zog ihm die Waffe über die Schläfe. Der Hausmeister sackte zusammen.
Löwenmaskes Atem ging schnell. Er nahm den Stimmenverzerrer wieder auf. Klang wie Micky Maus nach einem 400-Meter-Sprint.
„Ben!“ Bens Kopf tauchte langsam hinter dem Lehrerpult auf. „Du verschnürst Nadjafi.“ Löwenmaske warf ihm ein paar Kabel zu. „Du kennst dich ja mit Knoten aus. Ich werde das prüfen, also keine losen! Und du …“ Das galt Mina. „… stellst dich daneben an die Wand, sodass ich euch alle im Blick habe!“
Mit zitternden Fingern nahm Ben ein Kabel und fesselte Nadjafis Fuß- und Handgelenke. Löwenmaske legte erneut den Stimmenverzerrer weg und nahm einen Schlüsselbund aus

der Tasche, an dem ein außergewöhnlich geformter Schlüssel hing. Neben vielen anderen.
Diesen Schlüsselbund hatte ich schon mal gesehen! Mit einem Mal wusste ich, wer unter der Maske steckte. Mir wurde schlecht. Ich konnte mich gerade noch zurückhalten, den Namen laut auszusprechen. Bemüht, mir nichts anmerken zu lassen, nahm ich den Schlüssel und schloss das letzte Schloss auf. Der Tresor war bis oben hin voll.
„Die Tasche!", befahl Löwenmaske.
Folgsam leerte ich Bens Sachen auf einen der Tische und begann, das Geld in die Sporttasche zu packen. Meine Hände gehorchten mir nicht ganz, ein großes Geldbündel fiel daneben.
„Pass doch auf!", sagte Löwenmaske und bückte sich.
Die Gier war wohl zu groß. Ein Fehler, auf den Mina nur gewartet zu haben schien. Wie eine Feder (eine *Sprung*feder) schnellte sie nach oben, eine Hand auf den Schreibtisch gestützt, schwang sie sich darüber, eine halbe Drehung, ihre Beine zielten auf den zotteligen Hinterkopf. Doch Löwenmaske musste sie aus den Augenwinkeln wahrgenommen haben. Er wich aus, sodass Mina nur seine Schulter erwischte. Ich sprang auf und schlug zu, so fest ich konnte. Löwenmaske knickte leicht ein, die Waffe flog durch die Luft und schlitterte über den Boden. Mina und ich setzten nach, wurden aber abgeschüttelt. Ein letzter Ausfallschritt, Löwenmaske war bei der Waffe, richtete sich auf – und fiel. Wie ein Baum.

Mit einem dumpfen *Klock* schlug eine Holzkugel neben ihm auf und rollte aus. Mina und ich sahen überrascht auf, direkt in Bens grimmiges Gesicht. Was soll ich sagen – leg dich nie mit einem wütenden Handballer an.

Ab da ging alles sehr schnell. Möglicherweise dachte ich das auch nur, weil ich es wie durch Nebel wahrnahm: wie Ben Löwenmaske mit den Knien am Boden hielt und nach allen Regeln der Kunst verschnürte (*die* Knoten aufzubekommen würde dauern) und wie Mina die Pistole außer Reichweite kickte, in die braunen Zotteln griff und mit einem (nicht unbedingt sanften) Ruck die Maske abriss; wie ihnen der Schock ins Gesicht geschrieben stand, als sie sahen, wer darunter steckte: Kemnat. Der Lehrer, von dem ich geglaubt hatte, er sei anders als andere: ehrlich an uns interessiert, nicht nur auf sich und sein eigenes, verkorkstes Leben fixiert. Jemand, der nachdachte, dem nicht jedes Mittel recht war. Aber er hatte mir eine Waffe an den Kopf gehalten, eine, die mich hätte umbringen können (und mir hatte schon die Gaspistole von Jörn gereicht). Was, wenn etwas schiefgelaufen wäre, wenn der Schuss nicht in die Decke gegangen oder Kemnat nervös geworden wäre, weil ich ihn erkannt hatte?
Bevor die sich in meinem Kopf vervielfältigenden Ursache-Wirkung-Ketten zum Karussell wurden und mich komplett aus der Bahn warfen, trat Mina zu mir und lehnte sich an mei-

nen Arm. Sie sagte nicht mehr als „Hey“, aber dieses „Hey“ sagte viel mehr als „Hey“. Es war ganz warm und echt. (Und das Netteste, was ich bis jetzt von ihr gehört hatte und in der nächsten Zeit hören würde.)

Kemnat blieb für eine Weile weggetreten, aber Nadjafi wachte wieder auf und verriet uns, wo der Handyblocker versteckt war, damit wir die Polizei rufen konnten. Es war der kleine schwarze Kasten, den Mina und ich neben der Kamera gesehen hatten. Kein Wunder, dass hier nirgends Empfang gewesen war.

Ein paar Minuten später schallten Sirenen über den Hof: Polizei, Sanis – es waren so viele Wagen, dass das Blaulicht sich seinen Weg durch die Ritzen der Metallklappe über dem Schacht bahnte und selbst hier unten über die Wände lief. Meine Mutter erschien kurz darauf – entweder hatte sie die SMS gekriegt oder ich hatte sie angerufen, ich kann mich nicht genau erinnern.

Es war gut, dass sie da war, weil wir ziemlich schnell in Erklärungsnot gerieten, als wir gefragt wurden, was wir eigentlich hier machten, wieso der Raum aussah, wie er aussah, und warum wir nicht auf Klassenfahrt waren (das kam von meiner Mutter).

Es war Nadjafi hoch anzurechnen, dass er bereit war, die Wahrheit zu sagen. Uns gegen unseren Willen festzuhalten war zwar weniger extrem als bewaffneter Raubüberfall, hät-

te aber für Nadjafi und seine Familie ähnliche Konsequenzen haben können. Deswegen unterbrach Mina ihn, bevor Nadjafi ein Geständnis ablegen konnte.
„Den Tresor zu suchen war unsere Idee." Sie log, ohne rot zu werden. „Wir haben von Anfang an nicht geglaubt, dass er der Täter war – und da der Prozess am Montag ist ... wir wollten unbedingt herausfinden, was wirklich dahintersteckte."
„Also habt ihr eurer Klassenlehrerin eine falsche Entschuldigung geschickt? Und gehofft, dass eure Eltern nicht merken, dass ihr nie in den Bus gestiegen seid?" Meiner Mutter war deutlich anzumerken, dass sie das nicht für sehr wahrscheinlich hielt. Wieso hatte ich bloß im Versuch einer plausiblen Erklärung diese blöden Entschuldigungen erwähnt?
„Ja, genau", sagte Mina und warf Ben und mir einen flehenden Blick zu. Ben kämpfte mit sich, verriet Nadjafi aber nicht.
„Das müsst ihr schon sehr lange geplant haben ..." Meine scharfsinnige Mutter konnte das mit dem Sarkasmus auch ganz gut.
„Haben wir. Seit klar war, dass Nadjafi angeklagt wird", behauptete ich.
Sie sah mich mit diesem Blick an, den ich nur zu gut kannte und der sagte, dass sie mir kein Wort glaubte. Aber das behielt sie für sich. Meine Mutter ist ziemlich in Ordnung.
„Da habt ihr Durchhaltevermögen bewiesen ...", sagte sie nur und: „Schön, dass du Freunde gefunden hast."

Ich sah sie verdattert an. Dann Ben und Mina. Und ausnahmsweise fand ich es gut, dass sie recht hatte.

Die Andeutung eines wissenden Lächelns, dann wandte sich meine Mutter, ganz Anwältin, Nadjafi und den Polizisten zu und sorgte dafür, dass wir ohne allzu kritische Nachfragen aus der Sache herauskamen.

Kemnat besaß so viel Anstand, Nadjafi nicht mit hineinzuziehen (was das Mindeste war, immerhin hatte er den Hausmeister für ein paar Monate in Untersuchungshaft gebracht).

Als Kemnat abgeführt wurde, schaffte ich es kaum, ihn anzusehen. Aber ich zwang mich dazu, er sollte spüren, was ich von ihm hielt.

„Du weißt doch, Luca, Moral ist keine feststehende Größe!"

Sollte das eine Entschuldigung sein?

Eigentlich wollte ich nichts sagen, aber ich sagte doch etwas. Ich verstand einfach nicht, wie er so ... na ja eben ... so sein konnte. „Nur wegen dem Geld?"

„Geld ist nicht alles." Kemnat lächelte schief. „Außer man braucht es!"

Dass ich seine Sprüche mal gut gefunden hatte!

DER CODEX

Hier Decodierstreifen ausschneiden

0 1 2 3 4 5 6 7 8 9

0 1 2 3 4 5 6 7 8 9

0 1 2 3 4 5 6 7 8 9

DECODIEREN LEICHT GEMACHT

Ziel jedes Rätsels ist die Ermittlung eines dreistelligen Codes. Diesen gibst du dann durch Verschieben der farbigen Streifen auf der vorderen Decodierklappe ein. Der von dir ermittelte Code sollte unmittelbar unter dem Pfeil stehen.
Anschließend schaust du auf die Rückseite der Decodierklappe. Unter dem Pfeil dort wird dir eine neue dreistellige Zahl angezeigt. Außerdem ist jeder Ziffer dieser Zahl ein Symbol zugeordnet. Diese neue dreistellige Zahl verrät dir die Seitenzahl, auf der die Geschichte im Buch weitergeht.
Natürlich kann es sein, dass du das Rätsel nicht richtig gelöst hast und deshalb auf eine falsche Seitenzahl verwiesen wirst. Um sicherzugehen, dass der von dir ermittelte Code tatsächlich der richtige ist, musst du die Symbole über den Ziffern auf der Decodierklappe mit den Symbolen unter der Seitenzahl im Buch vergleichen. Stimmen diese exakt überein, hast du das Rätsel korrekt gelöst und darfst an dieser Stelle weiterlesen. Hast du eine falsche Lösung ermittelt, sind die Symbole nicht identisch. Dann solltest du dir alles noch einmal genau anschauen.

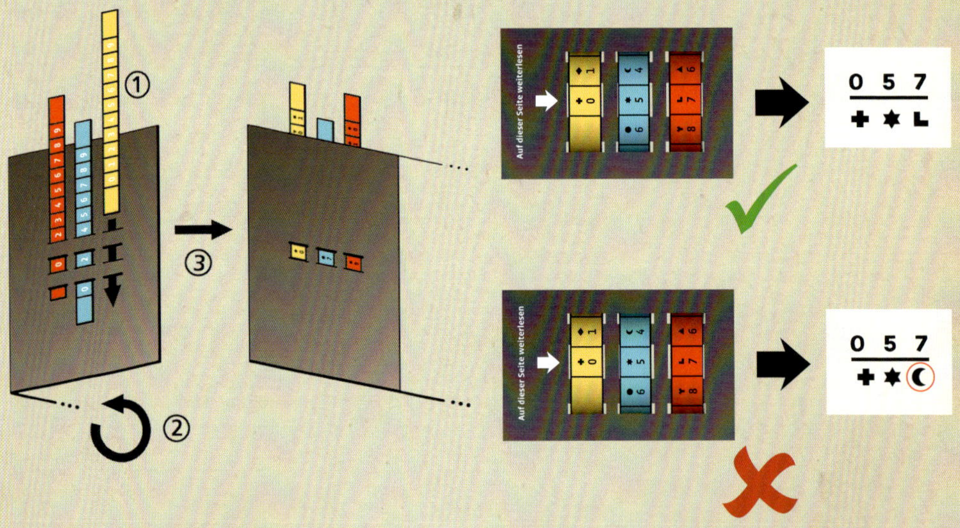

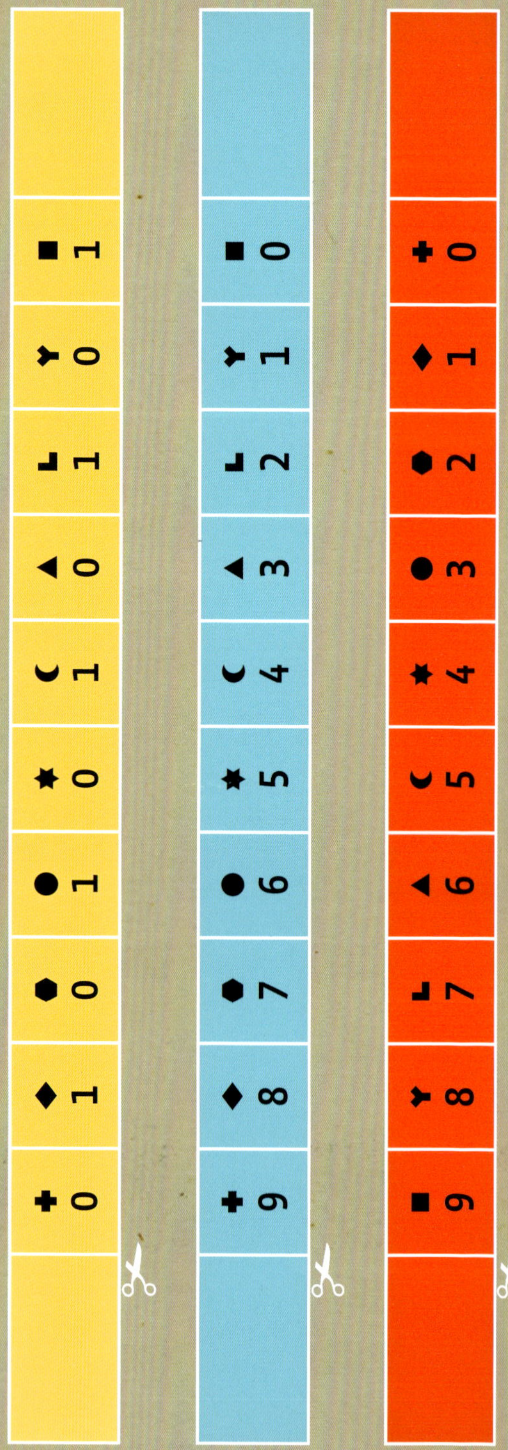

031

✚▲✸

+-+-EPILOG-+-+

Nadjafi war so dankbar, dass er mit einem blauen Auge davonkam (buchstäblich, der Schlag mit der Pistole hatte ihm ein übles Veilchen beschert); er wollte uns Zugtickets spendieren, damit wir noch an der Klassenfahrt teilnehmen konnten. Aber wir wollten beim Prozess dabei sein, der mit einem Freispruch endete: Kemnat gestand, Nadjafi erpresst zu haben, nachdem Jörn verschollen war und ihm das Versteck des Tresors nicht mehr verraten konnte. Nadjafi hatte Jörn als Letzter gesehen, vielleicht auch, was er mit der Beute gemacht hatte ... Selbst wenn nicht, wer kannte das Da-Vinci besser als der Hausmeister? Außerdem stand Nadjafi bereits unter Verdacht, war also der perfekte Sündenbock, falls etwas schiefging, denn alles, was er fand, würde ihn schuldig wirken lassen.

Doch Kemnat hatte Nadjafi unterschätzt. Indem der sich Hilfe holte (wenn auch ohne zu fragen) und jeden Hinweis mit einem Rätsel verschlüsselte, war er Kemnat einen Schritt voraus und sicher, dass dieser seinen Plan nicht sofort durchschauen würde. Wir aber kamen auf die Spur des Tresors und konnten Nadjafis Unschuld beweisen. Der Rest der Beute tauchte nie auf. Vermutlich lag sie jetzt auf dem Meeresgrund.

Mina, Ben und ich waren die ganze Woche zusammen unterwegs, die zwei brachten mir Wellenreiten bei (ansatzweise) – Klassenfahrten würde es noch genug geben.

Ende

Auf S. 144 findest du heraus, wie du dich geschlagen hast.

032

Die Box, von der im Rätsel die Rede gewesen war, fanden wir schnell, sie stand im Regal neben dem Waschbecken. Neben zwei gelben und zwei roten gab es nur eine blaue.

Als ich mir das Regal näher ansah, war ich froh, dass nur das Päckchen Puderzucker heruntergefallen war. Denn in einem der Fächer stand eine Reihe Behälter mit verschiedenen chemischen Substanzen, darunter Kaliumnitrat. Hätte eine explosive Mischung geben können. Das war typisch – hier war so ziemlich alles weggeschlossen, was weggeschlossen werden konnte, aber dieses Zeug stand offen herum.

Wie zu erwarten gewesen war, verbargen sich auch in der blauen Plastikkiste keine 450.000 Euro, sondern eine Schwarzlichtlampe.

„Mach mal das Licht aus", sagte Ben.

Neben der Tür befanden sich mehrere Schalter. Beim ersten, den ich drückte, tat sich: nichts. Aber kurz darauf stellte sich heraus, dass er für die Beleuchtung des Schachtes vor den Fenstern war, denn als ich den für das Raumlicht fand, war es plötzlich stockdunkel. Ich streckte die Hand aus und machte vorsichtig einen Schritt.

„He, Finger weg!"

Ich merkte, wie ich rot wurde. Wie gut, dass es so finster war. Ich hatte nur ganz leicht Minas Schulter berührt.

Im Schwarzlicht sah ich zuerst Bens Hoodie aufleuchten, dann das Lehrerpult, das aussah wie ein modernes Gemälde, voller Schlieren und Sprenkel, Spuren jahrzehntelanger Experimente. Das ultraviolette Licht glitt für uns unsichtbar durch den Raum, strahlte blau von den verstreuten Papieren, grün und orange von irgendwelchen Mineralien in den Schränken, Putzmittelflecken auf dem Boden ...

„Warte!", rief Mina. „Geh noch mal zurück!"

Und da war es: Im Gang zwischen den Tischen tauchten fluoreszierende Buchstaben auf, die sich zu Sätzen formten.

WER BRAUCHT GELD?

WER HAT DIE MÖGLICHKEITEN?

WER HAT DAS WISSEN?

Gute Fragen. Noch besser wären ein paar Antworten gewesen. Vielleicht würden wir sie finden, wenn wir dem Pfeil folgten, der auf die Reihe der hinteren Schränke zeigte und genau vor einer Schublade endete?

Mina markierte sie mit einem Kreidekreuz: „Du kannst das Licht wieder anmachen!"

„Nein, warte noch!", sagte Ben.

Meine Finger stoppten über dem Lichtschalter.

„Wieso? Wir haben doch alles. Und früher wird es auch nicht. Es ist schon bald fünf!" Damit machte es Mina für Ben nur schwerer.

„Na ja ... also ... ich ... ich müsste mal ..."

„Oh nee, ne?", sagte Mina. Feinfühlig war anders.

Dass Mina und ich uns anschließend in die hinterste Ecke

verzogen, half irgendwie auch nicht. Die Stille wurde in der Dunkelheit immer – lauter.
„Dreh den Wasserhahn an. Das mache ich auch immer so." Mina bemühte sich, so zu klingen, als wäre weiter nichts dabei, und das gelang ihr auch ziemlich gut. Trotzdem hoffte ich, hier raus zu sein, bevor ich in die gleiche Lage käme.
Das Wasser lief. Und lief. Bis ich auf die Idee kam, mein Handy hervorzukramen und auf höchster Lautstärke schön schrammeligen Grunge zu spielen. (Dass im Song von stetem Fluss die Rede war, war *wirklich* Zufall.)
„Idiot", sagte Ben. Aber die Erleichterung war ihm anzuhören.
„Mach lieber das Licht wieder an", sagte Mina, und auch wenn ich es nicht sehen konnte, wusste ich, dass sie grinste.
In der Schublade, auf die der Pfeil zeigte, fanden wir neben ein paar Ausgaben einer Physikzeitschrift einen Hefter, auf dem in akkuraten Buchstaben der Name eines Physiklehrers stand – unseres Physiklehrers.
„Klausuraufgaben! Mit Lösungen. Vielleicht sollten wir die mitnehmen!", sagte Ben.
Seine Idee war nicht verkehrt, Galle war für seine schweren Aufgaben berühmt. Bei der Arbeit, die wir letzte Woche geschrieben hatten, hatte ich kein gutes Gefühl und die nächste stand nach den Herbstferien an.
Ben blätterte weiter: „Unterrichtsvorbereitung, Listen von Physiknoten …"

„Sind unsere auch dabei?", fragte ich.

„Mal sehen ... Neunte Klassen, nee, ah hier, die zehnten ..."

„Zeig mal!" Ich nahm Ben den Hefter ab, wurde aber enttäuscht. „Mann, die Listen sind uralt!"

„So alt auch wieder nicht ...", verteidigte sich Ben.

Als ob das eine Rolle spielte, ob sie vor fünf oder vor zwei Jahren aktuell gewesen waren, es waren nicht unsere – zugegebenermaßen war das nicht auf den ersten Blick zu erkennen, weil nicht überall ein Datum draufstand.

Mina schaute mir über die Schulter und zeigte auf einen Namen. „Das war die Klasse meines Bruders."

„Was?!", rief Ben. „Dann ist das auch die von ..."

Jörn. Ich hatte ihn schon entdeckt.

Ich schaute mir die Seite näher an. Einige hatten zur Nachprüfung gemusst (hoffentlich passierte mir das nicht auch), außerdem befand sich am unteren Rand eine handschriftliche Notiz: „Drei haben auf ganzer Linie überzeugt." Mh.

„Das ist nicht Galles Handschrift", sagte Mina, die wohl denselben Verdacht hatte. „Aber sonst? Ein Wort ist mit blauem Kuli geschrieben ..."

Das brachte uns nicht weiter.

„Blau, Linie. Irgendwas klingelt da bei mir." Mina zog ihre Nase kraus. Niedlich. Auch wenn ich mich hütete, das laut zu sagen. Das hätte mir sicher einen Spruch eingetragen.

Mina schaute nachdenklich zu Ben. Ich schaute zu Ben. Ben

schaute zurück. Auch er konnte das mit den Brauen nicht halb so gut wie Mina.
Na klar, das blaue Aufblitzen, als Ben seine Handfläche und unsere Nerven traktiert hatte.

Dann mach dich mal auf die Suche nach einer Liste und etwas Blauem!

037

Wir hatten die Zahlenfolge – und unzählige Schlösser, zu denen sie passen könnte. Ben probierte eines nach dem anderen durch. Da es eine halbe Ewigkeit dauern konnte, das richtige zu finden, versuchten Mina und ich es mit Logik. „Könnte es um die Schränke und Schubladen gehen?“, überlegte Mina. „Zweite Reihe, sechster Schrank, zweite Lade?“

Nicht der abwegigste Gedanke, doch auf drei kurze Töne folgte ein langer – wir lagen falsch. Ein Echo kam von der anderen Seite des Raumes, wo Ben sich durch die Reihen arbeitete.

„Vielleicht ist es die zweite Schublade von *unten?*“

Biiieep! Mein Vorschlag lief ebenfalls ins Leere.

Mina fuhr sich müde über die Stirn; ich hätte auch nichts gegen eine Pause gehabt oder, noch besser, nichts gegen den entscheidenden Fund, der uns ein paar Antworten, das Geld und einen Ausweg aus dem modrigen Keller brachte. Wobei ich mittlerweile bereit war, auf Geld und Antworten zu verzichten.

Da die Jahreszahlen eine Sackgasse gewesen waren, es in dem Raum aber nicht viel mehr als die Aktenschränke gab, nahmen wir die Etiketten aus ihren Rahmen, um nachzusehen, ob die Rückseiten beschrieben waren. Als das nichts brachte, leuchteten wir in, unter und hinter die Schränke und tasteten sie ab. An der oberen hinteren Kante spürte ich so etwas wie Einkerbungen unter meinen Fingern: Eine Prägung – eine Nummer? Es war eine: die Seriennummer. In mehrere Blöcke unterteilt, am Anfang und am Ende eine Dreierkombination. Es dauerte ein paar Minuten, dann hatten wir den richtigen Schrank. Dritte Reihe, der vierte von links. Drei kurze Töne, ein leises Klicken. Wir atmeten auf. Vorschnell. Denn als wir die Schubladen eine nach der anderen aufzogen: Akten über Akten – die Suche begann von vorne. Lustlos begannen wir zu blättern, nach einer Weile setzten wir uns auf den Boden, jeder eine Schublade vor sich. Der Stapel der aussortierten Mappen wuchs und wuchs. Ben nahm eine neue, fächerte die Papiere nachlässig mit seinem Daumen durch und wollte sie eben weglegen, als sich sein Gesichtsausdruck veränderte.

„Was ist?“, fragte Mina.

Ben zögerte. Für einen Moment dachte ich, er würde die Mappe einfach zuklappen und „Nichts“ sagen, obwohl das augenscheinlich nicht stimmte, doch dann zeigte er uns, auf was er gestoßen war: die Postkarte, die Jörn an die Schule geschickt hatte.

Ich hätte gern etwas gesagt, nur was?

„Oh ...“ Mina war genauso überfordert. „Was ... macht die denn hier?“

„Das wüsste ich auch gerne!“ Eine steile Falte stand auf Bens Stirn, er drehte und wendete die Karte.

Es war eine von denen, die Fotografen in Touristenorten an der Strandpromenade anbieten: Sie schießen ein Foto, und wenn du es haben willst, drucken sie es dir aus, auf Hochglanz, als Karte, auf alt getrimmt. Was immer du willst.

„So eine haben Jörn und ich früher nach Hause geschickt, wenn wir auf einer Segelfreizeit oder zum Surfen waren", sagte Ben leise.

„Ihr wart öfter zusammen weg?" Im Prinzip war es eine rhetorische Frage – so oft, wie Ben in der Schule mit Jörn abgehangen hatte. Aber etwas anderes fiel mir in dem Moment nicht ein.

Ben nickte. „Als wir klein waren, ist die ganze Familie gemeinsam in Urlaub gefahren. Und dann ... na ja, wir haben Jörn weiter mitgenommen. Er war sowieso die meiste Zeit bei uns."

„Was war da eigentlich los?" Mina nahm wie immer den direkten Weg. „Eure Väter haben doch früher zusammengearbeitet?"

„Schon. Aber mein Onkel hatte ... Schwierigkeiten. Und mein Vater ... Das passte nicht zusammen. Da hat mein Vater seinen Bruder ausbezahlt."

Hörte sich an, als sei das nicht ganz freiwillig gewesen.

„Muss 'ne Stange Geld gewesen sein. Und die hat dein Onkel in den Sand gesetzt?"

Ben war Minas Frage offensichtlich unangenehm. „Irgendeine Investition, die schiefgelaufen ist. Mein Onkel hatte nicht den richtigen ... Instinkt, sagt mein Vater. Nie gehabt."

„Und dann?" Mina wollte es ganz genau wissen.

„Nichts dann. Das war's. Mein Onkel musste alles verkaufen. Haus, Auto, Boot, alles. Er wird die Schulden wahrscheinlich nie mehr los."
„Können deine Eltern da nicht helfen?", fragte Mina. „Ich meine, wenn sie so eben mal 50.000 für die Schule spenden."
Bens Mimik sprach für sich. „Da ging es um riesige Summen. Und mein Vater hat so seine Grundsätze."
„Aber nett, dass deine Eltern Jörn aufgenommen haben", sagte ich, bevor Mina weiterbohren konnte. (Auch wenn meine Mutter und ich von Besitztümern dieser Größenordnung weit entfernt waren, konnte ich mir doch vorstellen, wie schlimm es sein musste, plötzlich alles zu verlieren.)
„Ja." Ben war für die Unterstützung ziemlich dankbar. „Sie wollten sichergehen, dass Jörn seine Talente nutzen kann ..."
Dieser Satz stammte so erkennbar nicht von Ben, dass ich Janssen seniors sonore „Packen-wir's-an"-Stimme förmlich hören konnte.
„Jörn hatte schon einen Platz an einer privaten Uni. Mein Vater wollte, dass er in der Firma anfängt und alles von der Pike auf ..."
„Und was wollte Jörn?", unterbrach Mina.
„Äh, dasselbe?", sagte Ben, doch so, wie er das sagte, war klar, dass diese Frage nie wirklich zur Debatte gestanden hatte.
„Das gilt wohl auch für dich?", fragte Mina.
Ben sagte nichts. Aber das musste er auch nicht. Es war klar,

dass dasselbe für ihn vorgesehen war. Ist schon eine merkwürdige Sache mit den Vätern. Sein Vater war zu präsent, meiner gar nicht. Was wohl schlimmer war?
Als das Schweigen drückend wurde, nahm ich die Mappe, die Ben in seinen unruhigen Fingern knickte, an mich. „Ist sonst noch etwas Interessantes drin?“, fragte ich. Die Andeutung eines Schulterzuckens. Ich sah mir die Postkarte an. Jörn sah so lebendig aus, wie er da am Steuer stand, lachend, die Haare im Wind. Alles war blau und weiß und sonnenbeschienen – das Wasser im Hafenbecken, das Boot, die sich bauschende Jacke, sein Shirt, die Möwen, die über ihn hinwegflogen. Wie auf einem Werbeplakat. Für Traumreisen. Nur dass Jörn wohl nie mehr reisen würde.
Ich legte das Foto zurück und blätterte weiter. Mina schaute mir über die Schulter. Sie war so nah hinter mir, dass ich ihre Wärme spüren konnte. Neben mehreren Artikeln über die fehlgeschlagene Investition von Bens Onkel (wow, da ging es wirklich um größere Summen) gab es einen Ausdruck der Insolvenzbekanntmachung, Infos zur Hochschule, auf die Jörn gehen sollte (Finanzen und Management), einen Eintrag über einen Kredit ... äh, Moment, dabei ging es nicht um Jörn.
„Hier ist was zu Mahdi!“ Bevor ich zu Ende gesprochen hatte, riss Mina mir die Mappe aus der Hand.
„Meine Eltern haben einen Kredit aufgenommen? Ich dachte, eine von Mahdis Bewerbungen auf ein Stipendium sei durch?!“

Jetzt sah *ich ihr* über die Schulter. Anscheinend hatte jede Familie so ihre Geheimnisse.

Neben Notizen zu Flugzeiten und Ticketpreisen nach Portland lag eine Kostenaufstellung über ein Jahr Auslandsaufenthalt bei, zu den Studiengebühren kamen Ausgaben für Wohnheim, Essen, Bücher usw. – insgesamt fast 60.000. Das deckte sich mit der Kreditsumme.

Was mich weitaus mehr interessierte, waren die Papiere dahinter, denn ich hatte auf einer Ecke Lalis Namen entdeckt. Ich zog ein, zwei Blätter heraus.

„He!", beschwerte sich Mina, las aber neugierig mit.

Es waren Infos zu Work & Travel in Australien und ein Ausdruck über Flüge nach Portland.

Merkwürdiger Zufall. „Gibt es in Australien auch ein Portland?"

Mina hob die Schultern „Keine Ahnung, wieso?"

Auch Ben wusste es nicht. „Möglich wäre es, bei *dem* Namen. In den USA gibt es mindestens zwei."

Und wieder hätten wir dringend Empfang gebraucht.

„Was ist mit der Flughafenkennung? Steht die dabei?" (So unbedarft Ben manchmal wirkte, er verwies einen immer wieder auf die Plätze.)

Sie stand dabei – und war dieselbe.

„Sind Mahdi und Lali zusammen?!" Für eine Sekunde war mir meine Enttäuschung wahrscheinlich anzusehen, obwohl ich mit Lali nie mehr als drei Worte gesprochen hatte.

„Zumindest waren sie das“, sagte Mina. „Und sie hatten den Plan, nach dem Abi zusammen nach Australien und später nach Thailand zu fahren. Unsere Eltern waren nicht besonders begeistert. Und dann kam das Stipendium ...“.

„Das keines war ...“, sagte ich.

„Das keines war“, sagte Mina. „Aber da Mahdi nie darüber gesprochen hat, auch über Lali nicht ... ich dachte, das hat sich erledigt ...“

Hatte es sich offensichtlich nicht. Mahdi und Lali waren zusammen weg. Wenn nicht Thailand, dann halt USA. Und die USA waren teuer.

„Das ist ein Motiv“, sagte Ben.

„Eine verschuldete Familie und ein Segeltörn um die Welt auch“, sagte Mina und klappte die Mappe zu.

Auf der Rückseite war ein Symbol, das wir bis jetzt übersehen hatten. Eine Art umgekehrtes Ypsilon. Wie ...

„Wie auf dem Erpresserbrief!“ Mina war es ebenfalls aufgefallen. Früher wäre besser gewesen, das hätte uns eine Menge Arbeit erspart. Aber wenigstens konnten wir mithilfe des Symbols die zweite Akte schneller ausfindig machen. Sie enthielt Infos über drei unserer Lehrer. Ich überflog die erste Seite: „Scheidung, das Haus halb fertig – Galle steckt bis zum Hals in Schulden.“

„Galle?“ Ben sah mich zweifelnd an. „Kannst du dir Galle mit Löwenmaske und Knarre vorstellen?“

„Ich kann mir nicht mal vorstellen, dass den jemand freiwillig geheiratet hat“, sagte Mina.
„Fies ist er schon“, meinte Ben.
Da konnten wir beide nur zustimmen.
„Aber er hat die Rede gehalten, als die Nebelraketen losgingen. Er kann es nicht gewesen sein.“ Ben klang fast bedauernd.
„Er kann nicht derjenige unter der Maske gewesen sein“, sagte Mina „Aber der Mann im Hintergrund schon. Wenn es denn einen gab. Er hat das Wissen, die Möglichkeiten ...“
„... und er braucht Geld“, ergänzte ich. „Wer steht da noch?“
„Doc Müller.“
Das wunderte nicht nur mich. Doc Müller mochten alle, sie hatte nie den Spaß am Unterrichten verloren, war sehr entspannt und ließ uns einiges durchgehen. Sich selbst anscheinend auch: Sie hatte eine Vorliebe für schöne und (sehr) teure Dinge, ein Studiendarlehen abzuzahlen und eine Mutter in einem privaten Pflegeheim. Doch die Drahtzieherin?
Der Dritte auf der Liste war Kemnat. Er pokerte anscheinend. Gerne hoch.
Wie Galle und Doc Müller hatte er das Wissen, sein zweites Fach war Physik (und wir hatten im neuen Schuljahr *wieder* Galle ...).
Aber wenn ich daran dachte, wie Kemnat mir die Hand auf die Schulter gelegt hatte und wie zittrig seine Finger gewesen waren, als er den Schlüsselbund aus seiner Tasche gezogen

hatte, konnte ich mir nicht vorstellen, dass er etwas damit zu tun hatte. Doc Müller war während der Veranstaltung fast eingeschlafen. Sooo entspannt konnte selbst sie nicht sein obwohl es natürlich die perfekte Tarnung gewesen wäre.
Wir kamen nicht weiter. Hier im Raum gab es nichts, was uns half. Die Luft war noch schlechter als in Physik U1. Ich konnte nicht mehr denken, außerdem platzte mir gleich die Blase.
„Ich geh schon mal zurück." Ich stand auf. „Bringt ihr gleich die Mappe mit?"
Mina und Ben nickten müde.

Mina hatte, wohl aus Scham, den Spiegel mit ihrem Schal abgehängt, sie war also nicht so selbstsicher, wie sie vorgab. (Ich auch nicht, also löschte ich das Licht, falls Mina und Ben doch zu früh nachkamen.)
Als ich mir die Hände wusch, sah ich durch die Maschen von Minas Schal ein schwaches, grünes Schimmern. Kaum wahrnehmbar, punktgroß. Eine Spiegelung? Ich drehte mich um – nichts zu erkennen.
Die Tür zum Archiv quietschte „Alles in Ordnung bei dir?" Ben. Ich schrak zusammen, obwohl es gar keinen Grund dafür gab.
„Ja, klar."
Die Neonröhren summten und liefen langsam gegen das Dunkel an. Mir kam es vor, als sei das Flackern stärker geworden, das Glas schien an einer Stelle verfärbt, ein dunkler Fleck un-

ter der Plastikverkleidung. Ich nahm meine Wasserflasche aus dem Rucksack, mein Hals war ausgedörrt. Die Kühle des Wassers tat gut, die dumpfe Wärme machte den Kopf schwer. Ben versuchte, die Heizung runterzudrehen, aber das Ventil schloss nicht. „Scheiße“, fluchte er „Machst du mal das Fenster auf? Die Lüftung funktioniert nicht!“
Ich sah mich nach dem Mopp um, um mit dem Stiel das Fenster einen Spalt offen zu halten, vergaß das aber, weil Mina unbeweglich im Raum stand und an die Decke starrte.
„Die Lüftung ...“, sagte Mina. „Vor ein paar Monaten wurde eine neue eingebaut.“
„Ja und?“, fragte Ben, als Mina nicht weiterredete.
„Die alte wurde vielleicht abgeschaltet – aber die Schächte gibt es noch.“
Jetzt standen wir alle drei da, den Kopf in den Nacken gelegt. Die Lüftungsgitter waren so groß wie die Bodenplatten.
„Du meinst ...?“
Da ich der Längste von uns dreien war, kletterte ich auf den Stuhl, den wir aufs Lehrerpult gestellt hatten. Ich kam gerade so an das Gitter heran. Ben suchte bereits den Schraubenzieher, der irgendwo in dem Chaos herausgeräumter Sachen lag. Neben meinem Kopf schwang eines der Flugmaschinenmodelle leicht hin und her. Ich nahm es ab, um besser an die Schrauben zu kommen: Zwischen zwei Verstrebungen klemmte knopfgroß etwas Schwarz-Metallisches.

Ein kleiner Draht ragte daraus hervor. War das etwa …?
„Woran hakt's?", fragte Mina ungeduldig. Ich legte den Finger über die Lippen und machte ein Zeichen, vom dem ich hoffte, sie würden verstehen, was ich meinte. Laut sagte ich (so normal ich konnte, aber es hörte sich künstlich an): „Die Schrauben sind eingerostet, das wird nichts."
„Was? Lass mich mal!", sagte Ben.
„Vergiss es, du kommst eh nicht dran!", sagte ich bedeutungsvoll, während ich vom Tisch sprang.
„Dann stell ich noch einen Stu… aua!"
Mina stieß Ben den Ellbogen in die Rippen. Sie verstand zwar auch nicht, was genau los war, aber dass etwas los war, verstand sie wohl.
„Was soll das denn?!" Ben war manchmal wirklich schwer von Begriff.
„Klappe!", zischte ich ihm ins Ohr und laut sagte ich: „Wir müssen uns was anderes einfallen lassen."
„Okay", sagte Mina und versuchte, in meinen Gesicht zu lesen, während ich mein Smartphone und einen Block aus meiner Tasche nahm. „Lasst uns nachdenken!"
„Kann ich am besten mit Musik!", antwortete ich, stellte den Lautsprecher so laut es ging (lange würde der Akku das nicht mitmachen) und schrieb: „Wir werden abgehört", auf meinen Block und: „Hinter dem Spiegel könnte eine Kamera sein!"
Bens und Minas Augen wurden groß. Der Schal war ein Sicht-

schutz, aber ich war mir nicht sicher, wie viel die Kamera – wenn hinter dem Spiegel eine Kamera und ich nicht einfach nur paranoid war – durch die Maschen einfangen konnte.
„Woher weißt du das?“, flüsterte Ben.
Ich schrieb in wenigen Worten auf, was ich entdeckt hatte oder entdeckt zu haben glaubte. (Darauf, dass der grüne Lichtpunkt zu einem laufenden Camcorder gehören könnte, war ich erst gekommen, als ich die Wanze gefunden hatte. Aber eigentlich war es naheliegend, wie sonst sollte Nadjafi oder Wer-auch-immer wissen, wie weit wir mit der Suche waren, ob wir vielleicht etwas entdeckten, was er nicht entdeckt hatte?)
Mina tippte fragend auf ihr Handgelenk. Es war Viertel nach sieben, wir hatten also eine Dreiviertelstunde, bis der Wachdienst seine Runde durch die Schule drehte (wenn er sie überhaupt drehte). Wenn wir die Chance haben wollten, auf uns aufmerksam zu machen, mussten wir uns beeilen. Mina und Ben hängten das Flugmodell an das hintere Fenster, blieben in der Nähe und bemühten sich um ein ablenkendes Gespräch, das Sinn machte, aber nicht verriet, was wir vorhatten, während ich, so schnell ich konnte, das Lüftungsgitter abschraubte. Jetzt mussten wir „nur noch“ nach oben kommen, hoffen, dass der Schacht breit genug war, und einen Weg finden, um uns bemerkbar zu machen oder besser noch nach draußen zu kommen. Da ich gerade so mit den Fingerspitzen an

die Öffnung reichte, gelang es mir nicht, mich hochzuziehen (Klimmzüge waren eher Bens Stärke). Aber da war Mina schon neben mir. Ben hielt den Stuhl, während ich für Mina meine Hände zur Räuberleiter zusammenlegte. Ein Schwung, ein Kippeln (das dank Ben nur zum Fastabsturz führte), und Mina war oben. Obwohl sie sich bemühte, so leise wie möglich zu sein, knarzte das Blech bei jeder Bewegung. Sie streckte mir die Hand entgegen, und mit Bens Hilfe, der von unten schob, schaffte ich es ebenfalls (allerdings sehr viel weniger elegant). Durch mein Gewicht gab das Blech etwas nach, und als ich mich vorsichtig drehte, federte es laut scheppernd zurück. „Pssssst!“, zischten Mina und Ben zeitgleich, nur war es dafür längst zu spät.
Was wir nicht bedacht hatten, war, wie wir Ben nach oben bekommen sollten. Er stellte einen weiteren Stuhl auf den Tisch und einen zweiten auf die beiden, was alles andere als stabil wirkte. Aber nicht deswegen überlegte es sich Ben anders. Mein Smartphone ging aus. Akku leer. Ben machte uns ein Zeichen, zu warten, riss ein Stück Papier aus meinem Block, schrieb etwas darauf und reichte es samt seinem und Minas Handy (Licht brauchten wir schließlich auch) nach oben. „Ich bleibe hier. Ist verdächtig, wenn es plötzlich total leise ist. Ich nehm mir die versetzte Wand vor. Vielleicht gibt’s doch einen Zugang.“
Schon wieder überraschte Ben mich. So viel Selbstlosigkeit hätte ich ihm nicht zugetraut.

0 5 0

So leise wie möglich (also ziemlich laut) begannen Mina und ich, den engen, schräg ansteigenden Schacht nach oben zu robben. Ich merkte zu spät, dass Mina fast sofort wieder stoppte, und robbte auf sie drauf.

Sie musste mir ihr Gesicht gar nicht zuwenden, ich wusste auch so, wie sie gerade schaute.

„Hier ist eine Abzweigung“, raunte sie. „Das müsste das Verbindungsstück zum Schacht auf der rechten Seite sein.“ Sie rüttelte an der Metallklappe, die weder Griff noch Schloss hatte. „Verschraubt!“

„Bringt uns eh nichts, wenn wir nach oben wollen“, raunte ich zurück. „Also weiter.“

Das Licht von Minas Handy huschte über das Blech. „Warte, hier ist was!“

An der scharfen Kante zwischen Schachtwand und Metallklappe klemmten zwei Fetzen Stoff, Blau über Weiß. Mina zog und zerrte und schließlich gaben sie mit einem reißenden Geräusch nach. Das blaue Stück war aus Kunststoff, das weiße aus Baumwolle. An der Risskante waren ein paar Fasern ebenfalls blau, wie von einem Aufdruck. An irgendetwas erinnerte mich das, aber ich kam nicht drauf, an was.

„Das blaue Stück könnte von einem Overall sein“, sagte Mina. „Ein stillgelegter Lüftungsschacht ist nicht das schlechteste Versteck!“

Dasselbe hatte ich auch gerade gedacht.

„Du hast nicht zufällig den Schraubenzieher mit?"
Hatte ich nicht. Leider. Denn ich hätte sehr gern gewusst, ob wir nur ein Blech weit von 450.000 Euro entfernt waren. Aber wenn wir zurückgingen, um Werkzeug zu holen, vergaben wir die Chance, auf uns aufmerksam zu machen. Schafften wir das, konnten wir immer noch nachsehen. Schafften wir es nicht, saßen wir sowieso das ganze Wochenende hier fest. Solange der Schacht nur leicht anstieg, konnten wir auf allen vieren krabbeln, aber dann machte er einen Knick und ging fast senkrecht nach oben. Einerseits gut, weil er ins nächste Stockwerk führte, andererseits wurde es sehr schwierig, tatsächlich dorthin zu gelangen. Meine Bedenken standen so offensichtlich in meinem Gesicht, dass Mina grinsen musste.
„Das wird schon! Du musst den Rücken und die Arme fest gegen die eine und die Beine gegen die andere Wand stemmen. Und dann schiebst du dich hoch."
Klang einfach, wenn sie das so sagte. War es aber nicht. Ich brauchte mehrere Anläufe, bis ich den Dreh raushatte. Im spärlichen Licht der Handys, die wir zwischen Bauch und Hosenbund geklemmt hatten, schoben wir uns Zentimeter um Zentimeter nach oben. Die Wände waren glatt, meine Hände feucht vor Anspannung. Am Anfang war ich so damit beschäftigt, nicht abzurutschen, dass ich mich erst gar nicht über die Rillen wunderte, die ich unter meinen Handflächen spürte. Tiefe Kratzspuren, in denen sich das Licht verfing.

0 5 2

Als wäre etwas sehr Schweres, Kantiges über das Blech gerutscht.

„Der Tresor!", sagte ich. „Sie haben einfach die Schwerkraft für sich arbeiten lassen!" Der Schacht war ungefähr siebzig Zentimeter breit, von den Maßen her müsste das passen.

Mina waren die Schrammen ebenfalls aufgefallen. „Ja, jede Wette, dass der Tresor hinter der Metallklappe versteckt ist."

Minas Atem ging stoßweise, genau wie meiner. Arm- und Beinmuskeln brannten, lange konnten wir das nicht mehr durchhalten. Der Schacht machte erneut einen Knick, mit letztem Kraftaufwand stemmten wir uns nach oben. Von vorn fiel ein schwacher Lichtstrahl bis zu uns, dort musste ein Gitter sein.

Mina schob die Lamellen auseinander, sodass sie durch den Spalt sehen konnte. „Wir müssen direkt neben der Aula sein! Der Flur ist nur hier so breit und ich kann die Tür der Abstellkammer sehen!"

Der Abstellkammer, in der die Sackkarre gefunden worden war. Klar, dass sie nicht mehr gebraucht worden war, wenn der Tresor den Weg durch den Schacht genommen hatte. Was mich momentan aber sehr viel weniger interessierte als der Wunsch, endlich aus der verdammten Schule rauszukönnen.

„Kriegst du das Gitter auf?", fragte ich Mina, die den Rahmen abtastete.

Sie schüttelte den Kopf. „Wir hätten den Schraubenzieher mitnehmen sollen!"

Ja, das wäre schlau gewesen.
„Vielleicht, wenn wir beide dagegentreten ...?"
Das könnte funktionieren. Wir brauchten etwas, um uns so zu positionieren, dass wir beide mit den Füßen an das Gitter kamen. Minas Gesicht war nur ein paar Zentimeter von meinem entfernt, unsere Knie berührten sich, als wir sie anzogen, um Schwung zu holen.
„Auf drei!", sagte Mina. „Eins, zwei, DREI!"
Das Gitter knirschte, aber außer einer Delle hatten wir noch nicht viel bewirkt.
„Noch mal!", sagte ich.
Eine Ecke löste sich. Wir wollten gerade ein weiteres Mal zutreten, als ich ein Geräusch hörte. „Warte!"
Wir lauschten mit angehaltenem Atem. Ein leises Quietschen wie von Gummisohlen – Schritte näherten sich. Der Wachdienst? Es war noch nicht ganz acht. Mina richtete sich auf und wollte schon rufen, als ich ihr (aus einem Impuls heraus) die Hand auf den Mund legte. Ich weiß auch nicht genau, was, aber irgendetwas störte mich. Die Schritte kamen näher, erst ein, dann zwei Beine in unser Sichtfeld, eines wurde nachgezogen. Nadjafi!
Wir sahen uns an. Könnte er doch der Täter sein?
Selbst wenn nicht, er wäre sicher nicht besonders begeistert, dass wir zu entkommen versuchten. Nadjafi ging an uns vorbei, wir glaubten uns schon auf der sicheren Seite, da blieb

er stehen. Hatte er uns etwa gehört? Die Sohlen quietschten, als er sich umdrehte. Er kam tatsächlich zurück. Wir drückten uns so weit wie möglich in den Schatten und wagten nicht zu atmen. Ich konnte nur auf das Gitter starren, dessen eine Ecke deutlich nach außen ragte. Nadjafi stand nur einen Meter von uns entfernt. Die Sekunden verrannen, unsere Lungen waren kurz vorm Bersten, als er endlich weiterging.

Was jetzt? Sollten wir auf den Wachdienst warten? (Kam der überhaupt?) Oder sollten wir das Gitter weiter bearbeiten? Aber was, wenn Nadjafi uns erwischte? Oder auf dem Weg in den Keller war? Und sauer wurde, wenn er Ben allein vorfand? Ich nahm Bens Smartphone, die Batterieanzeige ging gegen null. Bei Mina sah es besser aus, doch das half auch nicht, der Empfang brach immer wieder weg. Wir versuchten es mit einer SMS. Erst an die 110, und als das nicht funktionierte, an meine Mutter (ich war mir nur nicht sicher, ob die Nummer stimmte. Die hatte ich im Adressbuch).

Wir ließen das Display so lange wie möglich dunkel, als wir uns durch den Lüftungsschacht zurückschlängelten. Das abschüssige Stück wurde uns fast zum Verhängnis: Ich verlor den Halt, riss Mina mit, riss sie schlitternd mit nach unten; erst auf den letzten, weniger steilen Metern, kurz bevor wir mit Schwung durch die Öffnung in der Decke krachten, konnten wir abbremsen, indem wir Hände und Füße gegen die Schachtwände stemmten.

„Au!“, sagte Mina und: „Das ist *mein* Bein!“
Wir waren hoffnungslos ineinander verkeilt.
Bens Kopf tauchte unter der Öffnung auf. „Na endlich!“, raunte er. „Ihr wart eine Ewigkeit weg!“

Nachdem wir Ben im Flüsterton auf Stand gebracht hatten, war er genauso überzeugt wie wir, dass der Tresor hinter der Abzweigung verborgen sein musste. Er hatte sich die Raumpläne noch einmal genauer angesehen: Der Tiefenunterschied der beiden Nischen links und rechts der Tafel betrug ungefähr einen Meter. Die Wand der linken Nische war massiv, die der rechten aus Gipskarton. (Das wusste Ben, weil er in der Zwischenzeit mit einer zweckentfremdeten Schraubzwinge ein Loch hineingeschlagen hatte. Und zwar unter dem Waschbecken, damit es nicht so auffiel. Aber da der Durchbruch ungefähr handgroß war, fiel es ziemlich auf.)
Durch den Einbau des neuen Heizkessels und die Versetzung der Wand war ein Hohlraum entstanden, der tief genug für den Tresor sein konnte. Leider war es Ben nicht gelungen, das genau auszuloten – trotz seiner Konstruktion aus Kabeln und diversen kleinen Lämpchen. Während Mina und ich zurück in den Schacht kletterten, um mit dem Schraubenzieher die Klappe zu lösen, bastelte Ben ein Verlängerungskabel an seine provisorische Lampe, sodass wir Licht hatten.

0 5 6

Das Blech, das die Abzweigung versperrte, gab relativ schnell nach, doch dahinter fanden wir statt des Tresors nur ein paar verrostete Schrauben, eine zerdrückte Bierdose und Mäuseköttel. Das Verbindungsstück mündete zwar, wie Ben vermutet hatte, in einem Hohlraum, allerdings war er etwas zu schmal für den Tresor und nur für die Wasser- und Heizungsrohre gedacht. Wir wollten schon enttäuscht umkehren, als Mina im Schein der Glühbirne, die wir nach unten gelassen hatten, etwas entdeckte. Etwas Braunes, Felliges. Zuerst hielt ich es für eine tote Ratte, doch dazu war es zu zottelig. Um hinunterzuklettern, war der Schacht zu eng, wir bräuchten so etwas wie eine Angel ...

„Leuchte mal weiter nach rechts", bat ich Mina. „Dort müsste ungefähr der Spiegel sein! Wenn wir ihn abnehmen, kommen wir vielleicht besser ran. Aber falls dahinter eine Kamera ist, verrät sie uns."

Mina ließ die Lampe hin- und herschwingen – es war eine Kamera. Daneben ein zweiter, kompakter schwarzer Kasten. Ein externer Akku vielleicht?

Weil hinter dem Spiegel weitere Rohre verliefen, waren wir uns schnell einig, es von hier aus zu versuchen. Wir krabbelten zurück und informierten Ben, der uns aus dem Stiel des Mopps, aus einem der Deckenhaken (an denen die Flugmodelle hingen) und aus dem Drahtseil (an dem die Skizzen befestigt waren) eine Angel bastelte.

Der Haken verhedderte sich ein paarmal in den Rohren, bis er in den braunen Zotteln hängen blieb. Vorsichtig bargen wir unseren Fang: Es war die Löwenmaske!
Ben wollte sie von der Angel nehmen, doch Mina hinderte ihn daran „Nicht anfassen! Du könntest Beweise vernichten", raunte sie.
Also leerte Ben eine der Plastikboxen aus dem Regal und Mina ließ die Maske hineinfallen. Die beiden Stofffetzen, die wir gefunden hatten, nahmen denselben Weg.
Als ich mich hinter Mina durch die Öffnung zurück in den Raum lassen wollte (langsam hatte ich Übung), fiel mein Blick auf die flackernde Neonröhre. Die Plastikabdeckung war an der Schmalseite offen. Das, was ich von unten als dunklen Fleck wahrgenommen und für ein geschwärztes Ende der Neonröhre gehalten hatte, war ein kleiner metallischer Gegenstand. Von meiner Position aus ließ er sich gut erreichen und – umgekehrt – gut verstauen. Ich streckte die Hand aus. Es war ein Schlüssel. Ein seltsam geformter Schlüssel.
Ben erkannte ihn sofort. „Das ist einer der ..."
„Schhht!", mahnte Mina.
„Tresorschlüssel", flüsterte Ben.
Fehlte nur noch der Tresor.
„Wenn er durch die Öffnung gelassen wurde, müsste es doch Spuren geben!", sagte Ben leise.

„Die gibt es auch!" Minas Lippen formten die Worte mehr, als dass sie sie aussprach. „Der Schreibtisch wurde verschoben!" Sie deutete auf die zerbrochene Bodenplatte und die Kratzer, die fast vollständig vom Lehrerpult verdeckt wurden.
„Packt mal mit an!" Ben stemmte sich gegen den Schreibtisch, der sich nicht verrücken lassen wollte.
Mina signalisierte, dass wir warten sollten. Dann nahm sie das Modell des Flugobjektes samt Wanze und öffnete das vordere Fenster einen Spalt. Eine gute Idee! Im Schacht würden die lauten Geräusche des über den Boden schrappenden Metalls gedämpft sein und wir würden uns wieder in annähernd normaler Lautstärke unterhalten können. (Wir waren uns ziemlich sicher, dass das Mikro der Kamera durch den Spiegel und den darüberhängenden Schal nicht viel einfangen dürfte.)
Auch zu dritt schafften wir es kaum, das Lehrerpult zu bewegen. „Okay, noch mal!", sagte Ben.
Wir mussten all unsere Kraft aufwenden. Endlich gab der Schreibtisch nach. Genauer gesagt, eine Seite gab nach. Quälend langsam, mit gellendem Quietschen drehte sich das Pult ein Stück um die eigene Achse, bis es schief im Raum stand. Aber das reichte, um zu sehen, dass mehrere Bodenplatten geborsten waren, Bodenplatten, die ziemlich genau unter dem Lüftungsgitter lagen. Ben zog daran, aber wie wir bereits ahnten, war darunter nur Estrich. Mittlerweile herrschten

hier Dampfbadtemperaturen, Ben zog seinen Pulli aus und wischte sich damit übers Gesicht.

Als er sich in seinem roten T-Shirt der Handballmannschaft zu mir drehte, stellten die Synapsen in meinem Gehirn endlich die Verbindungen her und brachten an die Oberfläche, was dicht daruntergelegen hatte, aber bisher nicht greifbar gewesen war. Vorn auf Bens Shirt prangte das Schullogo: ein Kreis mit dem stilisierten Löwenkopf. Nur der Schriftzug wich ab. Statt dem Motto stand „Die Löwen“ im oberen Kreisbogen und „Leonardo-da-Vinci-Gymnasium“ im unteren.

Jedes Team hatte seine eigenen Shirts. Je nach Sportart variierten Symbol, Name und Farbe. Die des Schwimmteams („Die Haie“, was sonst) waren blau mit weißem Logo, die der Segler, der „Albatrosse“, weiß mit blauem Logo.

Ich nahm das weiße Stück Stoff aus der Box. Mina und ich hatten es eh schon angefasst. Die blauen, in einem Bogen verlaufenden Fasern, die mir aufgefallen waren, konnten durchaus die unteren Ränder aufgedruckter Buchstaben sein.

Weiß und Blau, Blau und Weiß.

„Wo ist die Postkarte?“, fragte ich Ben, der mir mit einem Griff die Mappe reichte, die er aus dem Archiv mitgenommen hatte (was bei dem Chaos, das wir angerichtet hatten, eine echte Leistung war).

Mein Gedächtnis hatte mich nicht im Stich gelassen: Unter

Jörns blauer Segeljacke blitzte ein weißes T-Shirt mit blauem Aufdruck hervor. Ich legte die Karte unter das Mikroskop. Die Buchstaben „AL" waren ganz deutlich zu erkennen, aber nicht, ob das T-Shirt irgendwo einen Riss hatte.
Ich sah auf, direkt in die Gesichter von Mina und Ben. Wie sollte ich sagen, was ich dachte, ohne Ben zu sehr zu verletzen (zumal ich gar nicht wusste, ob ich richtiglag)? Ich drehte den Schnipsel zwischen meinen Fingern. „Das könnte von einem T-Shirt der ‚Albatrosse' stammen. Und Jörn ... Er hat so ein T-Shirt. Er trug es sogar bei der Spendengala."
Ben schob mich vom Mikroskop weg. „Das hat noch gar nichts zu bedeuten! Es sind fast zwanzig Leute in der Segelmannschaft, jeder von denen hat so ein Shirt. Sogar mehr als eines. Und ein Loch ist auch nicht zu ..." Ben verstummte. Es war, als hätte ihn plötzlich jemand geschlagen.
„Ben?", fragte Mina.
„Er ... an seinem ..." Ben brachte nur noch Wortsplitter heraus. „... der ... der Ring." Hilflos deutete Ben auf die Postkarte.
Mina trat zu ihm und schaute durch das Mikroskop.
„Der Siegelring?", fragte sie.
Bens Nicken war nur zu erahnen. „Der gehörte meinem Vater. Er hat ihn nie abgelegt."
Damit war alles gesagt. Wir standen da. Schwiegen. Bis Mina einfach den Arm um Bens Hüfte legte und ich meinen um seine Schulter.

Nur ... wann war der Moment, ihn wegzunehmen? Ich verlagerte unauffällig mein Gewicht und kam mir linkisch vor.
Ben entzog sich. Machte da weiter, wo wir vorhin aufgehört hatten. „Dreihundert Kilo Stahl können sich doch nicht in Luft auflösen!"
Wir sahen uns ratlos um. Wir hatten schon alles durchsucht. Ben klopfte halbherzig die Wand links von der Tafel ab. *Tok-tok. Tok. T...*
„Wir sind so blöd!", sagte er und zog den Nachbau der Da-Vinci-Apparatur aus der Nische. Längs- und Querbalken. Montiert auf einer hölzernen Scheibe, die sich bewegen ließ. Der Sockel darunter war achteckig, durch Querstreben verstärkt. Ben drehte die runde Platte, sodass der Querbalken nicht mehr von uns abgewandt war. Ein Seil lief über Rollen an seiner oberen Kante entlang. Es war ein Kran. Ein Kran, der mühelos dreihundert Kilo bewegen würde. Dank der nachträglich angeschraubten Rollen aus Gummi und Metall (nicht unbedingt originalgetreu) konnte er überall im Raum gestanden haben; trotzdem hatte er einen begrenzten Radius. Mein Blick verhakte sich am Overheadprojektor, der schief in der Verankerung hing, verhakte sich am lichtgrauen Korpus darunter, den ich für die Vorderfront des seitlichen Schreibtischelements gehalten hatte.
„Wir hatten ihn die ganze Zeit vor Augen", sagte ich.
Ben und Mina verstanden zunächst nicht, was ich meinte. Dann sahen sie es auch. Der lichtgraue Korpus war nicht das

Gehäuse, in das der Overheadprojektor versenkt werden konnte. Es war eine Wand des Tresors.

Wir hievten den Projektor aus seinem Gestell: Ich hatte mich nicht geirrt. Da war er. Schwarzer Griff, ein Tastenfeld und zwei tropfenförmige, bewegliche Metallplättchen, die die unauffälligen Schlitze für die Spezialschlüssel verdeckten. Den, den wir gefunden hatten, schob ich in das obere Schloss. Er blockierte. Doch im unteren drehte er sich mühelos.

„Fehlt noch der andere“, sagte Mina.

„Und der Code“, sagte ich.

Ben sagte nichts, sah nur grübelnd vor sich hin. Dann stand er auf und griff nach der Postkarte. Sah lange drauf. Drehte sie um, las den Text. Drehte sie wieder.

„Was Jörn geschrieben hat ...“, begann er, „das kam mir immer schon komisch vor. Die rausgestreckte Zunge – das passt. Aber ‚Mit den Möwen fliegen, unter den Sternen segeln‘? Das ist nicht sein Stil.“

„Zeig mal!“, sagte Mina. „Hmm.“

„Was *hmm?*“, fragte ich, aber weder Mina noch Ben beachteten mich.

„Meinst du, das könnte eine Botschaft sein? Die Großbuchstaben mitten im Wort ... Und schau mal, hier ...“ Mina deutete auf die Karte, aber worauf *genau*, konnte ich nicht sehen.

Ben hob die Schultern. „Jörn – wenn das tatsächlich er war unter der Löwenmaske ...“

„Wenn?“ Der Einwurf kam von Mina.

„… er hat beim Überfall die Schlüssel verlangt. Aber was nutzen die ohne den PIN-Code?“

Das stimmte. Aber wie war er an den Code gekommen? Hatte er Bens Vater gezwungen, ihn zu verraten? Das wusste Ben nicht. Er wusste nur, dass Löwenmaske vor seinem Vater gestanden und die Waffe auf ihn gerichtet hatte, als er den Befehl zum Hinlegen gegeben hatte. Seine Mutter hatte Ben vom Stuhl und so weit wie möglich weggezogen.

„Aber wenn Jörn die Schlüssel *und* den Code hatte – was hat ihn daran gehindert, den Tresor auszuräumen und mitsamt dem Geld zu verschwinden?“ (Da machte Mina einen Punkt.)

„Vielleicht gar nichts?“, sagte ich. Vielleicht war der Tresor längst leer.

Betroffene Blicke, Kopfschütteln.

„Wozu dann die Karte?“, fragte Ben.

„Keine Ahnung. Vielleicht hatte Jörn einfach einen poetischen Moment und wir lesen zu viel rein“, sagte ich.

„*Oder*“, sagte Mina, „Nadjafi hat ihn wirklich überrascht, wie er behauptet hat, und Jörn hat Schiss gekriegt, ist getürmt und hat eine verschlüsselte Botschaft an Nummer zwei geschickt …“

Du bist dran. Blättere um und suche die Vorderseite der Postkarte!

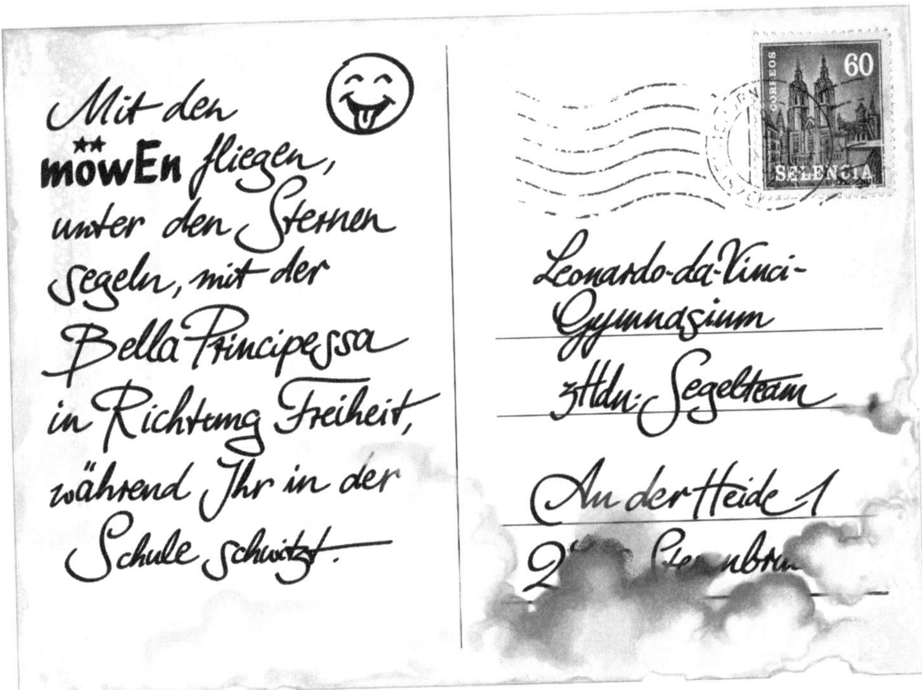
Mit den möwEn fliegen, unter den Sternen segeln, mit der Bella Principessa in Richtung Freiheit, während Ihr in der Schule schwitzt.
CORREOS
60
SELENCIA
Leonardo-da-Vinci-Gymnasium
z.Hdn. Segelteam
An der Heide 1

Es war mittlerweile ziemlich stickig, und dass wir uns über die genaue Anordnung der Tische nicht einigen konnten und sie mehrmals hin und her schoben, machte es nicht besser. Aber nach einigen schweißtreibenden Minuten standen die Pulte so, dass sich aus den willkürlich wirkenden Zeichen im Staub ein Sinnzusammenhang ergab. Endlich konnten wir die Geldkassette öffnen, doch der Inhalt versetzte uns einen Dämpfer. Wir hatten zwar nicht wirklich damit gerechnet, dass uns ein Haufen Geldscheine entgegenquellen würde, aber zwei Zettel waren etwas mager. Doch sie machten uns bewusst, um was es hier ging, denn das obere Blatt Papier war eine Vorladung. Zu einer Verhandlung. Gerichtet an Nadjafi.

Das zweite Blatt war ein weiterer Erpresserbrief, von der Machart wie der erste, nur dass hier keine Buchstaben fehlten: *Noch 96 Stunden. Kein Geld, keine Niederlassungserlaubnis. Nicht für dich, nicht für deine Familie!*

„Das ist übel!", sagte Mina.

Ich nickte langsam, so etwas hatte ich nicht erwartet. „Ich dachte, Nadjafi ist schon seit Jahren an der Schule?"

Für mich gehörte er zum Da-Vinci, einfach, weil er vor mir hier und immer und überall sofort zur Stelle gewesen war, wenn etwas nicht so lief, wie es sollte. Er hatte die Klospülung repariert oder die Beamer-Lampe ausgetauscht oder das kaputte Schloss am Fahrradschuppen und war wieder weg gewesen, ohne dass es groß aufgefallen wäre. „Vier oder fünf Jahre waren es bestimmt", antwortete Mina, „aber das muss nichts heißen. Bei meinen Großeltern hat es ewig gedauert, bis sie die Niederlassungserlaubnis hatten, und noch länger, bis sie eingebürgert waren."

„Um was genau geht's?", fragte Ben, der sich die Vorladung näher angesehen und nur mit halbem Ohr zugehört hatte.

„Um das Druckmittel", antwortete Mina. „Wenn Nadjafi verurteilt wird, kann er das mit dem unbefristeten Aufenthalt wahrscheinlich vergessen. Selbst wenn er nicht ins Gefängnis muss."

Darüber hatte Ben sich anscheinend genauso wenig den Kopf zerbrochen wie ich, er sah sogar ein wenig erschrocken aus. Nach außen blieb er aber hart. „Daran hätte er vorher denken sollen!"

Über Mina zogen sich schwarze Wolken zusammen (doch, wirklich).

„Ja, ich weiß, was du sagen willst!" Ben winkte ab. „Aber selbst wenn er *tatsächlich* nichts mit dem Raub zu tun haben sollte – er hat uns hierhergelockt und dafür gesorgt, dass uns so schnell niemand vermisst. Mit gefälschten Dokumenten. Dazu gehört schon eine Menge krimineller Energie."

Damit machte Ben einen Punkt. Moralisch einwandfrei war das nicht unbedingt, aber Nadjafi hatte viel zu verlieren. Wir hatten in Ethik (oder Werte und Normen, wie das hier hieß) erst vor Kurzem über Moral diskutiert. Ein schwieriges Thema oder, wie Kemnat es ausgedrückt hatte: *Moral war keine feststehende Größe.* Sie bedeutete Unterschiedliches zu unterschiedlichen Zeiten in unterschiedlichen Zusammenhängen. Und selbst in ähnlichen Situationen war Moral selten für alle das Gleiche, das war schon wenige Minuten nachdem der Direx uns ein paar widersprüchliche Zitate irgendwelcher Philosophen hatte verhandeln lassen klar. Es kam immer auf die Perspektive an.

„Du weißt ja gar nicht, wie das ist!" Minas Stimme war anders als sonst, ein fremder Klang lag darin. „Nirgends zu Hause zu sein. Nicht zu wissen, wohin. Nicht, wie lange du bleiben darfst. Immer Angst zu haben. Angst, es nicht zu schaffen. Einen Fehler zu machen. Angst, zurückgeschickt zu werden." Mina sah auf den Saum ihres Ärmels. Gedankenverloren zupfte sie an einem losen Faden. „Ein kleiner Fehler reicht." Das Garn wickelte sich so fest um Minas Finger, dass die Haut weiß wurde. „Als meine Großeltern einen Antrag auf unbefristeten Aufenthalt gestellt hatten, da ... hat meine Großmutter einen Strafzettel bekommen. Für Falschparken. Sie hatte gerade erst den Führerschein gemacht und ... es klingt lächerlich, aber sie hatte gehört, dass schon eine Geldstrafe reicht, damit der Antrag nicht angenommen wird. Da dachte sie ..." Mina wickelte den Faden wieder ab. Ihre langen, dichten Haare fielen ihr ins Gesicht, sodass nicht sicher war, ob das ein Gluckser war oder das Gegenteil. Dann lachte

sie plötzlich los. „Das ist so albern! Aber meine Großmutter hat wirklich geglaubt, das war's! Wegen eines Strafzettels!" Mina schüttelte ihre Haare aus dem Gesicht. „Sie hat sogar dem Knöllchenschreiber aufgelauert. Sie hat nie verraten, was sie ihm angeboten hat, aber zum Glück war es ein netter Kerl. Denn wenn nicht, dann …" Mina lachte so sehr, dass wir gar nicht anders konnten, ihr Lachen sprang uns an, auf uns über. „Ich mein, das ist Bestechung! Schon der Versuch ist … Oh Mann!" Mina wischte sich über die Augen, sie konnte nicht weiterreden, wir lachten einfach, lachten alles weg.
Ja. Angst lässt einen dumme Dinge tun. Sehr dumme. Und Nadjafi lief die Zeit davon. Die Verhandlung war laut Vorladung am Montag. Noch zweieinhalb Tage. Fünf vor zwölf also.
FÜNF VOR ZWÖLF!
Das war die Zeit, die die Uhr über der Tür zeigte.
Ich sprang so heftig auf, dass Ben und Mina sich fast verschluckten.
„Was ist?!", rief Ben.
„Die Uhr! Das hat was zu bedeuten!" Glaubte ich. Hoffte ich. Ich stieg auf einen Stuhl, nahm das auffällig staubfreie Teil ab und sah auf die Rückseite. Doch da war nichts. Ich schüttelte das Gehäuse, hatte aber keine Ahnung, ob das schwache Rappeln vom Uhrwerk kam oder von was auch immer. Da die Rückseite lediglich aus einer Pappscheibe bestand, bog ich die Metallösen auf und nahm sie ab. Fehlanzeige. Frustriert fum-

melte ich alles wieder zusammen und hängte die Uhr zurück. Da bemerkte ich, dass der Minutenzeiger auf zwei Modelle da Vincis wies, die auf dem Schrank standen: auf eine Brücke aus Zahnstochern und auf den Querschnitt eines Gebäudes aus verblichenen Hafties. Gelben Hafties. Ich streckte mich und angelte nach dem Modell, der Stuhl kippte und krachte gegen den Stahlspind, der gefährlich wackelte. Ich konnte mich gerade noch so abfangen, während gelbe Notizzettel auf mich herabregneten.

„Mit der Nummer kannst du auftreten", sagte Mina trocken.

Ich sagte nichts, versuchte nur, so auszusehen, als sei das Teil des Plans. Aber ich konnte das mit den Augenbrauen leider längst nicht so gut wie Mina. Endlich bekam ich das Modell zu fassen. „Nimm mir das mal ab!"

Mina bequemte sich schließlich.

„Was wird das, wenn es fertig ist?", fragte Ben, während ich die Hafties zerpflückte. Es dauerte nicht lange, bis ich fand, was ich suchte: den einen, der anders war als die anderen. Satte Farbe und beschriftet.

„Das!", sagte ich.

Ich legte den Zettel auf den Tisch und den von der Pinnwand daneben.

Ben beugte sich neugierig vor. „Ein neues Rätsel?"

Ein neues Rätsel! Blättere um!

Nur wenn ihr
jetzt die ersten
nach diesem Satz sortiert,
ergeben diese sechszehn letzten
den Code!

Die Gesuchten gibt es in gelber Farb**e**.
Den ein oder anderen roten Behälter sah ic**h**
letzten Juni auch. Es sind die gleichen wie im Klassenraum der 10**c**.
Nur von der dritten Grundfarbe gibt e**s**
nach meinen Wissen lediglich eine**s**.
Ihr solltet danach suchen. Findet die Kist**e**
jetzt, egal, o**b**
diese Box verschlossen ist, oder nicht. Die Zeilen dieses Texte**s**
ergeben den Lösungs-
code. Und wenn ihr eure Gedanken flug**s**
sortiert, werdet ihr merken, dass sic**h**
Satz für Satz der Sinn erschließt. Aber sucht die Kiste nicht in der 10**c** -
wenn ihr weiter kommen wollt, sucht nur hier unten, im Reich von Nadjafi.
Ersten Hinweisen zufolge müsste irgendwo i**n**
diesem Raum das Geld zu finden sein. Hochgerechnet sollen es mindestens um die
sechszehn Bündel mit Scheinen sein. Findet die Box in der richtigen Farb**e**!

+-+-HERBST-+-+

Drrrrrrrreeennggg. Die Klingel schepperte, was selbst hier unten zu hören war. Türen flogen auf. Schritte über unseren Köpfen, sie brachten die Decke zum Schwingen und mit ihr die Flugmaschinenmodelle, die von ihr herabhingen. Das Schwingen wogte weiter, verebbte: Freitagnachmittag, letzte Stunde, Wochenende. Theoretisch. Praktisch sah es leider anders aus, zumindest für Mina, Ben und mich. Nachsitzen. Dabei hatte ich nichts mit den selbst gebastelten Knallfröschen auf dem Schulhof zu tun gehabt. Ich war nur zur falschen Zeit am falschen Ort gewesen und wie Mina und Ben und überhaupt die Hälfte unserer Klasse hinter Galle auf den Hof gegangen.

Es war große Pause. Draußen standen keine Ahnung wie viele Schüler, als die kleinen, grünen Geschosse hochgegangen waren. Galle war zusammengefahren, regelrecht in die Knie gegangen, hatte die Arme nach vorne gerissen und einen Satz gemacht, der weitsprungverdächtig war. Dabei verlor er fast das Gleichgewicht, fing sich aber wieder und schnellte mit rotfleckigem Gesicht herum. „Wer war das?"
Natürlich hatte niemand geantwortet.
Die Flecken breiteten sich weiter aus und verschmolzen zu einem gleichmäßigen, beängstigend dunklen Purpur. „Das wird Konsequenzen haben!"

Aber warum ausgerechnet Mina, Ben und ich eine schriftliche Aufforderung erhalten hatten, uns in Physik U1, einem der scheinbar seit Längerem nicht mehr genutzten Klassenräume im Untergeschoss, einzufinden, war mir ein Rätsel. (Ich hatte nicht mal gewusst, dass es hier Klassenräume gab.)
Ja, ich hatte gelacht, wie ungefähr hundert andere – es war aber auch zu komisch gewesen –, doch ich hatte weder die Kamera draufgehalten (wie so einige), noch Knallfrösche geworfen.
Von Mina konnte ich mir das auch nicht vorstellen. Sie zog Ärger zwar magisch an, doch das passte nicht zu ihr. Verbotenerweise aufs Flachdach der Schule klettern und in der Sonne liegen, statt in Mathe zu sitzen – klar. „Spray the grey" an die zementgraue Wand der Turnhalle sprühen, auf jeden Fall. (War übrigens ein großer Erfolg gewesen, die Wand war jetzt ziemlich bunt.) Aber Plastikröhrchen grün bepinseln, mit Brausetabletten und Mineralwasser auffüllen und Lehrer damit beschießen? Das war eher Siebt- als Zehntklässlerniveau. Eigentlich sollte Galle gegen kreative Anwendungen der Unterrichtsversuche gewappnet sein, denn Experimentierfreude und Eigeninitiative standen auf der Agenda des Da-Vinci ganz oben.
Vielleicht hätte ich das nicht laut sagen sollen.

Mein Blick ging zu Ben, der düster vor sich hinsah und unablässig mit dem Bein wippte. Ben war für Blödsinn durchaus zu haben. Normalerweise. Aber seit sein Cousin Jörn verschwunden war, machte er sich eher durch unvermittelte Ausraster Luft als durch solch harmlose Aktionen.

Das mit Jörn war eine krasse Geschichte. Vor knapp vier Monaten hatte er sich die Jacht seines Onkels „geborgt“ und war allein losgesegelt. Eigentlich hätte der Törn ein Abi-Geschenk und alle Janssens dabei sein sollen, doch wegen des Überfalls und der anstehenden Zeugenaussagen hatte Bens Vater die Reise verschoben. Aber Jörn wollte nicht warten und hatte sich aufgemacht, ohne jemandem Bescheid zu sagen.

An einem der letzten Tage vor den Sommerferien hatte das Segelteam (das die letzte Regatta ohne ihn meistern musste) eine Fotopostkarte von ihm bekommen (auf der Vorderseite war Jörn zu sehen: hinter dem Steuer der Jacht, windzerzaust, Zahnpastalächeln; auf der Rückseite war die Zeichnung eines Smileys mit rausgestreckter Zunge; wahrscheinlich, weil alle in der Schule schwitzen mussten, während er sich den Wind um die Nase wehen ließ). Irgendjemand hatte die Karte ans Schwarze Brett gepinnt, da hing sie noch, als das neue Schuljahr begann. Zu der Zeit galt Jörn bereits als verschollen. Die Jacht war zum letzten Mal auf den Kanaren gesehen worden. Danach nicht mehr.

„Wie lange sollen wir denn noch hier sitzen?!“ Mina, die die Knie angezogen und die schwarzen Motorradstiefel gegen die Tischkante gestemmt hatte, kippelte mit ihrem Stuhl.

Das hatte ich mich auch schon gefragt. Wir warteten bereits eine ganze Weile, aber Galle oder der Direx waren bis jetzt nicht aufgetaucht. Auf der zugeklappten Tafel stand lediglich die Aufforderung, die Aufgaben zu lösen.

„Vielleicht sollten wir es einfach hinter uns bringen." Nicht, dass ich besonders große Lust gehabt hätte …

„Ohne mich, ich hab mit den Knallern nichts zu tun! Aber lass dich nicht aufhalten." Mina drückte sich schwungvoll ab, die Stuhlbeine schrappten quietschend über das poröse Linoleum. Ben reagierte nicht mal.

„Mh, klar!" Wenn sie dachten, ich würde die ganze Arbeit allein machen, hatten sie sich verrechnet.

Selbst wenn das bedeutete, dass ich noch eine Weile hier sitzen würde. Dabei hatte ich gehofft, ein paar Stunden für mich zu haben. Heute Abend mussten wir sowieso wieder hier sein: Klassenfahrt. Der Bus würde um sechs vorm Schultor abfahren und ich hatte nicht mal gepackt. Außerdem war ich zum Chatten mit meinen Freunden verabredet. Den alten. Neue hatte ich noch keine. Die meisten hier hielten mich für arrogant, weil sie dachten, ich hätte etwas gegen sie. Dabei hatte ich nur etwas gegen diesen Ort. Die Schule war vielleicht besser, mit allem anderen verhielt es sich proportional umgekehrt. In den Sommerferien war ich länger in Berlin gewesen, war 16 geworden, um die Häuser gezogen. Seitdem vermisste ich die Stadt noch mehr. Das Chaos, die

Weite, selbst den Dreck. Den Geruch von warmem Asphalt, das Kreischen der U-Bahn, die in den Bahnhof einfuhr, das Gemurmel der Stimmen nachts, wenn alle noch draußen saßen, in Parks oder auf dem Bürgersteig vorm Späti. So klang zu Hause.

Hier saß nachts kaum einer draußen, schon gar nicht auf dem Bürgersteig, hier war alles so ... aufgeräumt, sauber, überschaubar. Auch die Leute.

Ben zum Beispiel: unauffälliger Schüler, unauffälliges Aussehen, unauffällige Klamotten (eben die, die alle trugen). Sportass, Tendenz zum Klassenclown (zumindest bis das mit seinem Cousin passiert war). Wie die meisten würde er vielleicht die Grenzen austesten, aber letztendlich doch Elektrotechnik, Maschinenbau oder BWL studieren, um irgendwann die Firma seiner Eltern zu übernehmen.

Mina war anders. Interessant anders. Eigensinnig. Direkt. Die Meinung des Schwarms war ihr egal. Sie sagte, was sie dachte, und machte, was sie wollte. Das kam nicht immer gut an. Bei mir schon.

„He, starr woandershin. Das nervt."

Meistens jedenfalls.

Ich verschränkte die Arme hinter dem Kopf, bemühte mich um einen möglichst unbeteiligten Gesichtsausdruck und sah zu, wie der Staub, den Mina aufgewirbelt hatte, im Licht der Neonröhren trudelte und langsam zu Boden sank.

Nahezu alles um uns herum war mit einer dicken, gelblichen Schicht bedeckt, nur die drei Tische, an denen wir saßen, waren abgewischt worden. Sie waren zerschrammt, die Ecken angestoßen. Das große Lehrerpult aus Stahl und PVC im gleichen tristen Grau wie alles hier hatte seine besten Tage ebenfalls hinter sich. Der Overheadprojektor, der wohl irgendwann mal im Tisch versenkt werden konnte, hing schief in seinem Mechanismus. Die Scheiben der Stahlschränke, in denen die Unterrichtsmaterialien aufbewahrt wurden, waren fast blind, die Bodenplatten wellten sich, die Rohre unter der Decke waren abgeplatzt, ein Teilstück war herausgebrochen. Die grüne Tafel war neben ein paar gelben, roten und blauen Aufbewahrungskisten und einer Pinnwand mit bunten Zetteln einer der wenigen Farbtupfer. Zwischen den milchigen Kellerfenstern hingen diverse Skizzen: Kopien von Studien und Entwürfen zu Fluggeräten, Fahrzeugen und anderen Konstruktionen da Vincis. Die dazugehörigen Modelle schwebten von der Decke oder kümmerten auf den Schränken vor sich hin, wie eine Brücke aus Zahnstochern und eine Architekturminiatur aus verblichenen Haftnotizzetteln. In der Nische neben der Tafel stand eine wuchtige Apparatur in Originalgröße. Eine der Leuchtröhren an der Decke flackerte, was genauso an den Nerven zerrte wie Bens ständiges Wippen mit dem Bein. *Tak, tak, taktak, tak,* trommelte er im Takt mit den Fingern ein Schlagzeugsolo auf die Tischplatte.

Ich sah auf die Uhr, die über der Tür hing, aber die Zeiger standen still.
„Vielleicht sollten wir doch einfach anfangen. Umso schneller sind wir hier raus.“ Auf diesen Vorschlag, der überraschenderweise von Ben kam, reagierte Mina wie beim ersten Mal: ablehnend.
Das Wippen stoppte. „Willst du ewig hier sitzen?“
Eine berechtigte Frage, fand ich.
„Wenn’s sein muss.“ Mina blieb stur.
„Das ist doch bescheuert.“
„Bescheuert ist, Strafarbeiten für etwas zu machen, das du nicht getan hast.“
Bevor die beiden aneinandergerieten, schaltete ich mich ein.
„Vielleicht geht es gar nicht um die Knaller. Schon mal daran gedacht?“
Vielleicht ging es um etwas ganz anderes. Vielleicht darum, dass Ben im Sportunterricht in einem Wutanfall das Handballtor zerlegt, Mina mal wieder unerlaubt das Schulgelände verlassen und ich mich aus dem Diavortrag geschlichen hatte, der so langweilig gewesen war, dass ich mich lieber aufs Klo verdrückt und ein gutes Buch gelesen hatte. (Ich hatte darauf gebaut, dass mein Fehlen nicht aufgefallen war, aber ich konnte mich getäuscht haben.)
„Könnte was dran sein“, gab Mina widerstrebend zu.
Dass wir selbst darauf kommen sollten, warum wir hier sa-

ßen, würde zu den Erziehungsmaßnahmen der Schule passen. Auch, dass uns für die Umsetzung die Verantwortung übertragen wurde. Ohne Aufsicht.
Ben stand wortlos auf, ging zur Tafel und klappte sie auf. Sie war über und über mit Formeln beschrieben.

Einige davon kannte ich, wie $E = mc^2$, andere hatte ich noch nie gesehen. Auf dem rechten Flügel der Klapptafel war mit blauer und roter Kreide das Schema eines Faradaykäfigs gezeichnet, darüber stand der Satz: „Wie bei FA RADAY. Dann die rechte Seite“, was auch immer das bedeuten sollte.
In einer Übersprunghandlung griff Ben nach dem Lineal, das auf der Kreideleiste lag, und schlug es rhythmisch in seine Handfläche, im Takt blitzte blau die Metallkante im Neonlicht auf. Zum Wahnsinnigwerden.
„Das ist nicht eine Aufgabe, das sind zig Aufgaben! Die werde ich sicher nicht lösen!“ Mina schulterte ihre Tasche. „Ich müsste gar nicht hier sein. Wenn nicht mal ein Lehrer auftaucht, geh ich jetzt einfach.“
Damit drückte sie die Klinke nach unten. Doch die Tür gab nicht nach. So fest Mina auch rüttelte, sie blieb verschlossen. Aber das war für Mina kein Hindernis. „Okay, dann eben auf die harte Tour.“
Sie warf ihre Umhängetasche aufs Lehrerpult, wodurch fast eine hölzerne, mit Brandlinien verzierte Kugel herunterge-

fallen wäre, die neben einem verstaubten Mikroskop und einem Versuchsaufbau lag. Mina zog die Mittelschublade des Schreibtisches auf und wühlte darin herum. Neben einem Taschenrechner, diversen Kugelschreibern, Textmarkern und ein paar angebrochenen Packungen Wachsmalstifte und Kreide holte sie einen Block mit verschiedenfarbigen Hafties und einen Zirkel heraus, bevor sie fand, was sie suchte: Büroklammern. Sie bog sie auf und machte sich daran, das Türschloss zu knacken.

„Wo hast du das denn gelernt?", fragte Ben.

„Bei drei älteren Geschwistern, die alles vor einem verstecken, musste ich mir was einfallen lassen", antwortete Mina, ohne vom Schloss aufzusehen, das sich mit einem leisen Klick öffnete.

„Ha!" Mina riss die Tür auf – nur um vor einer zweiten zu stehen. Die Brandschutztür war aus Stahl, das Schloss ein Sicherheitsschloss. Die Büroklammer brach ab und auch mit dem Zirkel war nichts auszurichten. Wütend trat Mina gegen das Metall, ohne es auch nur zum Erschüttern zu bringen. Nur der Fluchtplan, der daran hing, löste sich an einer Ecke und sackte etwas ab. Blanker Hohn.

„Dann eben das Fenster!" Eines musste man Mina lassen, sie gab nicht auf.

Die beiden Fenster, deren unterer Rand sich in Kopfhöhe befand, waren lang und schmal, doch Mina sollte hindurchpassen. Da das hintere von einem Stapel ausrangierter Stühle blockiert war, zog Mina einen Tisch unter das vordere, schwang sich hinauf und drehte den Griff. Er war zwar schwergängig, gab aber nach. Ich half ihr, den breiten Flügel aus Milchglas nach oben zu stemmen, dabei fiel etwas zu Boden. Sah aus wie ein zusammengefaltetes Stück Pappe oder Papier. Ben hob es auf, während Mina durch die schmale Öffnung kletterte.

Die Fenster gingen auf einen Schacht, der nicht von Tageslicht, sondern von mehreren Außenleuchten erhellt wurde und zwei Meter oberhalb an einer zweiflügeligen Klappe aus Tränenblech endete. So viel konnte ich erkennen. Mina ging in die Hocke und sprang. Eine Hand in der Lampennische, stieß sie sich mit den Füßen an der Mauer ab, lief über die Ecke des Schachtes, stemmte die Beine gegen die eine und den Rücken gegen die andere Wand. Jetzt wusste ich, wie sie so schnell aufs Schuldach kam.

Mina versuchte, die Metallklappe über dem Schacht aufzustoßen, doch das dumpfe Scheppern klang nicht sehr erfolgversprechend.

„Und? Wie sieht's aus?", fragten Ben und ich nahezu gleichzeitig.

„Nicht gut!" Minas Stimme klang gepresst. Es musste anstrengend sein, in dieser Haltung zu verharren. „Ist von außen versperrt. Mit einer Kette oder so."

▲◆■

Sie ließ los. Ich konnte gerade noch rechtzeitig meinen Kopf zurückziehen, bevor Mina darauf landete.

„He, wie wär's mit 'ner Warnung?"

„Wie wär's, wenn du aufpasst? Ich kann mich nicht ewig halten."

Mina zwängte sich durch den Spalt und sprang zurück in den Raum. Wir saßen in der Falle.

Die Frage war nur: Wieso? Nachsitzen war eine Sache. Uns hier einzusperren eine andere. Eine, die in keinem Verhältnis zu dem stand, was wir getan oder nicht getan hatten.

Lies weiter auf S. 128!

Die blauen Zentimeterstriche zeigten auf drei Namen: Jörn Janssen, Mahdi Samir und Lali Kumar (die aus dem Physikleistungskurs; rote, lange Haare, ansteckendes Lachen).

Physikleistungskurs, das war das Stichwort.

„Wer hat das Wissen!"

Minas und Bens Köpfe wandten sich mir zu.

„Das war eine der Fragen." Ich deutete vage dorthin, wo ich die bei Licht wieder unsichtbare Schrift vermutete. „Die drei hatten das Wissen – und die Gelegenheit, den mechanischen Löwen mit Rauchbomben zu spicken. Sie haben ihn gebaut!"

„Ja, die drei und der ganze Physikleistungskurs", erwiderte Ben, „und die Rauchbomben hätte jeder anbringen können! Jeder, der ‚Enter' drücken kann. Die Dinger kannst du im Internet bestellen. Und hier rein- und wieder rauszumarschieren, ist auch kein Problem."

„Richtig", sagte Mina. „Selbst, wenn du die unteren Jahrgänge nicht mitrechnest, bleiben immer noch hunderte Schüler übrig. Dazu Lehrer, Eltern ..."

„Die Putzkolonne, der Hausmeister ...", ergänzte Ben.

„Umsonst sind die drei sicher nicht markiert", wandte ich ein.

Mina hob kaum merklich die Schultern: *„Mein Bruder* hatte bestimmt nichts damit zu tun."

„Jörn auch nicht!" Ben verschränkte die Arme.

Hätte ich an Minas und Bens Stelle auch gesagt. Aber Glauben und Wissen – ihr versteht schon.

0 8 3

„Was ist mit dem Geld?“, fragte ich. Und bevor Ben auf Angriff schalten konnte: „Damit ist Jörn eh so gut wie raus. Jeder weiß, wie reich eure Familie ist.“

Wieso wich Ben meinem Blick aus?

„Hat sich dein Onkel nicht total verspekuliert?“, fragte Mina. Mina hatte Ben nicht bloßstellen wollen, aber er verstand es so.

„Logisch! Und wenn meine Eltern mal in Schwierigkeiten stecken, überfalle ich ’ne Bank!“ Bens Stimme kippte leicht. „Jörn hat quasi bei uns gewohnt. Er würde uns nie beklauen!“

„Das hab ich doch gar nicht gesagt.“

„Da könnte ich genauso deinen Bruder verdächtigen! Soviel ich weiß, hat er das USA-Stipendium *nicht* bekommen.“

Das hatte ich nicht gewusst. Gewusst hatte ich nur, dass es eine Partnerschaft mit einem College gab und jedes Jahr eine Ausschreibung für *ein* Stipendium.

„Geflogen ist er aber trotzdem. Und was ist mit Lali?!“

„Was ist mit Lali?“, fragte ich interessiert.

„Keine Ahnung! Ist mir auch egal!“

Ah ja.

„He, ich hab Jörn nie verdächtigt!“, sagte Mina. „Und mal abgesehen davon, dass Mahdi *mehrere* Bewerbungen laufen hatte – vielleicht geht es gar nicht um Jörn oder Mahdi oder wen auch immer. Schon mal daran gedacht?“

Ben und ich sahen sie verständnislos an.

Mina wedelte mit der Liste. „Die Striche zeigen nicht nur auf *Namen*. Sie zeigen auch auf *Zahlen*. Bisher waren *die* wichtig."

Nicht ganz von der Hand zu weisen, das Argument. Ich drehte mich einmal um meine Achse. Schlösser gab es mehr als genug – ein Tipp wäre gut.

„Wie war die Kombination?", fragte ich.

„714", sagte Mina. „Vielleicht zeigte der Pfeil nicht nur auf die Schublade?"

Ben wandte sich wortlos zum Schrank, an dem silbrig ein Vorhängeschloss schimmerte, und fummelte an den Zahlenrädchen herum, jedoch ohne Erfolg. Diese Zahlenkombination, die hatte ich schon mal gesehen. Tafel? Kugelbahn? Klassenbücher? Viel Lust, alles noch mal zu durchsuchen, hatte ich nicht. Während ich mich aufzuraffen versuchte, fing sich das flackernde Neonlicht in der schmalen metallenen Einfassung der Fußbodenluken. Die Steckdosen, die darunterlagen, waren nummeriert! Ich tippte auf die hintere Kante der Klappe, die mir am nächsten war (ging ganz lässig mit dem Fuß, wenn man erst mal raushatte, wie es funktionierte), und sie schwang nach oben. 713. Nein. 712. Falsche Richtung. 714!

„Ich hab's!"

Der Rest war leicht. Der einzige Stecker in Reichweite war der des Overheadprojektors.

Ich stöpselte ihn ein, wir sahen alle drei nach vorne, gespannt, was gleich an die Wand geworfen würde, als es leise knisterte. *Swwrrr,* ein Knacken und ... *Peng!* Ein kurzer, blauer Blitz. Eine kleine Wolke aus schwarzem Rauch stieg auf, es roch verbrannt. Entgeistert sahen wir auf den verkokelten Stecker. Mina nahm die Folie vom Projektor und hielt sie gegen das Licht, aber die Linien waren zu schwach, um viel erkennen zu können.

„Was jetzt?", fragte Mina.

Ich stupste mit der Gummikappe meiner Sneakers gegen das eingeschmolzene Plastik: „Das Teil ist hinüber!"

„Scheiße!" Ben boxte gegen die Wand. „Das bringt doch alles nichts!"

„Ben ...", sagte Mina.

„Wir könnten vielleicht ...", sagte ich.

„Klappe!", rief Ben.

„Geht's noch?!" Mina war richtig wütend.

„Schhht! Seid doch mal still!" Ben warf uns einen scharfen Blick zu. „Hört ihr das nicht?"

„Was denn?", fragten Mina und ich gleichzeitig, während Ben mit dem schwergängigen Griff des Fensters kämpfte.

„Das!", sagte Ben und wuchtete den Rahmen ein Stück nach oben. „Klingt nach einem Motor!"

Jetzt hörten Mina und ich es auch. Bremsen quietschten leise, entfernt ein sattes Kollern, dann Stille.

„Der Bus?!" Konnte es wirklich schon so spät sein? Konnte es.

„Na los, worauf wartest du, hilf mir hier mal!" Den Befehlston hatten Ben und Mina beide gut drauf, aber jetzt war nicht der Moment für eine Diskussion, also packte ich mit an, bevor der Fensterflügel wieder nach unten krachte. Ben versuchte, seine Schultern durch den Spalt zu zwängen.

„Was soll das werden?", fragte Mina.

„Was schon?", antwortete Ben. „Ich will hier raus. Wenn wir genug Krach machen, hört uns vielleicht jemand."

Ben hatte recht, das könnte klappen.

Der Seitenflügel, in dem Physik U1 lag, ragte über das Hauptgebäude hinaus, wir waren hier relativ nah am Zaun.

„Du willst wirklich aufgeben?" Mina legte den Kopf schief.

„Was heißt hier aufgeben?", fragte Ben. „Ich bin nicht freiwillig hier. Wenn ich abhauen kann, haue ich ab!"

„Aber wir sind doch schon so weit!"

„Weit?" Ben sah Mina an, als hätte sie gerade behauptet, das flackernde Licht der Neonröhre habe ihr das Versteck der 450.000 gemorst. „Wir haben nichts!"

„Aber wir können Nadjafi doch nicht im Stich lassen!"

„Wieso nicht?"

„Weil er erpresst wird und ..."

„Und? Wir haben immer noch keine Ahnung, was hier eigentlich los ist und wer dahintersteckt. Ob Nadjafi schuldig oder unschuldig ist – ich hab mit der Sache nichts zu tun. Will ich auch nicht. Ich will nur hier weg."

Minas Brauen standen auf Sturm. Diesmal traf es mich.

„Was ist mit dir? Sagst du auch mal was?"

„Ähm, ich ..." Nicht sehr schlagfertig, ich weiß.

„Schon klar, du hältst dich mal wieder raus."

Was sollte das denn?

„Machst du doch immer."

So langsam hatte ich genug von den beiden.

„Bevor du auf mich losgehst – ohne Grund übrigens –, willst du wirklich hier festsitzen? Wenn wir Pech haben, das ganze Wochenende? Ohne zu wissen, ob es auch was bringt?"

Minas Mundwinkel zuckte, sie sagte aber nichts.

„Eben. Ich auch nicht!"

„Was jetzt? Wollt ihr quatschen oder raus?" Ben deutete auffordernd zum Schacht. „Wenn nicht bald jemand hochklettert, können wir es eh vergessen."

„Wieso machst du es nicht selbst?"

„Weil ich nicht durchpasse?"

Mina verschränkte die Arme, also zwängte ich mich durch die Lücke zwischen Fenster und Mauer. Mein Versuch, es Mina gleichzutun, um an die Metallklappe zu kommen, scheiterte kläglich.

„Gebt mir mal den Mopp!"

Mina rührte sich nicht. Ben ließ fluchend den Fensterflügel los und reichte mir kurz darauf den Wischmopp durch den Spalt. Ganz entfernt glaubte ich Stimmen zu hören. Einen Fuß in der Lampennische, den anderen, so gut es ging, in eine

Mauerritze gestemmt, hämmerte ich mit dem Stiel gegen die Klappe und schrie, so laut ich konnte. Die Fransen des Mopps tanzten vor meiner Nase und gerieten mir in den Mund, aber so widerlich das auch war, ich gab nicht auf. Ben unterstützte mich von unten, und irgendwann kam Mina doch in den Schacht geklettert. Wir schrien uns heiser, waren aber wohl zu weit weg. Die Stimmen verebbten, das Motorengeräusch wurde für einen Pulsschlag lauter, entfernte sich dann. Stille.

Die Mauersteine kratzten in meinem Rücken. Langsam kroch ihre Kälte durch meinen Pulli. Minas Hand flatterte, sie zwang sie zur Ruhe und kletterte zurück in den Raum. Die Wärme darin legte sich bleiern auf uns. Die Heizung bollerte. Für einige zähflüssig verstreichende Minuten waren das gedämpfte Gurgeln und Klopfen der Rohre und das sirrende Knacken der Neonröhren die einzigen Geräusche. Dann ein lautes Grummeln. Einmal. Zweimal. Mein Magen. Was soll ich sagen, er hing mir in den Kniekehlen. Ben nahm schweigend seinen Rucksack, wühlte darin herum und zog einen Schokoriegel heraus. Etwas zerdrückt und vermutlich ein-, zweimal angeschmolzen und wieder fest geworden, aber das war mir egal. Ben brach ihn so gerecht wie möglich in drei Teile. Es half nicht viel, aber es half. (So nah an etwas wie Freundschaft war ich noch nicht herangekommen, seit ich auf dieser Schule war.) Wir kauten schweigend.

0 8 9

„Kommt nicht gegen acht noch mal der Wachdienst?“, fragte Ben mit leiser Hoffnung.

Mina machte eine Handbewegung, die alles bedeuten konnte (ich war mir auch nicht sicher), tupfte das letzte Restchen Schokolade aus dem Papier, ging zu dem schmalen Schrank neben der Tür, nahm Netzgerät, mehrere Kabel und einen Seitenschneider heraus und stellte alles auf das Lehrerpult.

Was blieb uns auch anderes übrig, als weiterzumachen?

Also suchte ich nach dem Sicherungskasten, damit Mina den verschmorten Stecker des Overheadprojektors vom Kabel trennen konnte. Während sie Erdung, Phase und Nullleiter abisolierte, bauten Ben und ich den Stromkreis auf. Keiner hatte Lust, zu reden. Als alles fertig war, legte ich den Schalter um – es funktionierte. Kein Kurzschluss im Projektor.

Was da an die Wand geworfen wurde, schien ein Grundriss zu sein, oder besser gesagt, der Teil eines Grundrisses. Die Wandnische, die Lage der Fenster, es könnte Physik U1 sein. Könnte – denn mindestens die Hälfte des Raumes fehlte. In der unteren rechten Ecke der Folie stand in einer sperrigen Handschrift 1/3. Wäre auch zu einfach gewesen, wenn wir *ein Mal* alles *auf einmal* gefunden hätten.

„Die Overheadfolie ist DIN A4 groß“, sagte Mina.

DIN A4 waren auch die Klassenbücher, die Stapel mit den Klassenarbeiten ...

0 9 0

✶ ✚ ▲

„Super. Die anderen können überall sein!“, stöhnte Ben.

... die Hefter und ...

„Die Skizzen an der Wand!“, rief Mina.

„Du fängst links unten an, ich oben, Ben rechts!“ Die beiden konnten ruhig auch mal machen, was ICH sagte.

Wir nahmen jedes einzelne der mit Klammern an zwei Reihen dünnem Drahtseil befestigten Blätter ab und untersuchten sie. Letztendlich war es Ben, der die zweite Folie fand; sie hing hinter einer der Skizzen, zu erkennen nur an dem Plastikglanz der Rückseite. Ben legte die Folie über die andere. Jetzt wurde es interessant, denn der Raumplan zeigte nicht nur Physik U1 (meine Vermutung war also richtig gewesen), sondern auch ein Stück des Ganges und des Heizungskellers. Der Grundriss war aber immer noch unvollständig.

„Wir müssen unbedingt die dritte finden!“, sagte Mina und wühlte sich durch die Papierberge, die wir in dem Spind neben der Tür gefunden hatten.

Ich nahm die Skizze, die Ben achtlos zur Seite gelegt hatte. Sie war zwar im Stil Leonardo da Vincis gezeichnet, zeigte aber kein Modell seiner Apparaturen, sondern eine Schere und drei gleich große Quadrate. Daneben waren Symbole, darunter ein Text in Spiegelschrift. Obwohl da Vinci die meisten seiner Manuskripte auf diese Art geschrieben hatte, glaubte ich nicht, dass es die Übersetzung einer seiner Notizen war.

0 9 1

▲ ✚ ■

Mit Kopf und Herz eine neue Welt entdeckt.

Der Spiegel über dem Waschbecken brachte den Beweis.

„Du kannst aufhören zu suchen", sagte ich zu Mina, die sich zu dem fahrbaren Bürocontainer vorgearbeitet hatte, auf dem die Kugelbahn stand. „Ich glaube, die letzte Folie finden wir erst, wenn wir das Rätsel gelöst haben."

„Mmmh", machte Mina abwesend, die in der Hocke vor dem Rollwagen saß und die offenen Schuber einen nach dem anderen aus der Ablage zwischen Deckplatte und Sockel zog und den Inhalt durchsah: noch mehr Papier, Versuchsanleitungen und Materialien. Auch Folien waren darunter, leider nur welche für Experimente zu Farben und Licht. Einer der Schuber schien sich in den seitlichen Verblendungen der Deckplatte verkantet zu haben. Während Mina verbissen daran zog und zerrte und dabei den Container mit leise quietschenden Rollen Stückchen für Stückchen durch den Raum bewegte, versuchten Ben und ich aus der Skizze schlau zu werden.

Drei gleich große Quadrate. Drei Symbole.

„Das ist es!", sagte ich und griff zum Papierkorb.

„Das ist es!", sagte Mina und nahm eine flache Schatulle aus dem Schuber.

Aus verschiedenen Hölzern gefertigt, mit Aussägungen und dunkel gebeizten, reliefartig aufgesetzten Ornamenten, sah sie mehr nach da Vinci als nach Physikraum aus, aber das

täuschte. Es war einer der Geheimkästen, wie wir sie in einer Projektwoche vor Ostern gebaut hatten und die sich durch eine ausgeklügelte Mechanik erst öffneten, wenn einzelne Elemente in einer bestimmten Abfolge verschoben wurden. Zwei Ornamente auf einer der Schmalseiten der Schatulle ließen sich auf Anhieb bewegen, sie bildeten um ihre Achse gedreht ein Herz und gaben ein Zahlenrädchen frei.
„Ich wusste es doch!", sagte Mina zufrieden.
Öffnen ließ sich die Schatulle aber noch lange nicht. Die drei Elemente auf der gegenüberliegenden Seite wollten sich nicht zusammenfügen lassen, sie blockierten.
Ich nahm die zusammengeknüllten Zettel aus dem Mülleimer und legte sie neben die Skizze. Zwei von dreien.
„Wo ist der Liebesbrief?", fragte ich.
„Welcher Liebesbrief?", fragte Ben.
„Der, der hier drin war."
„Ach der ... ähm, der muss hier irgendwo sein." Ben arbeitete sich durch die auf dem Lehrerpult verstreuten Papiere und Mappen und zog schließlich den gesuchten Zettel hervor. Brief, Illustration des Sonnensystems und die Zeichnung des Schulmottos waren wie vermutet genau gleich groß. Auch wenn es nicht in erster Linie darum ging, was darauf stand: Das unscheinbare Stück Papier mit dem Schulmotto „Suche die Wahrheit" war bestimmt nicht zufällig eines der ersten Dinge gewesen, über das wir gestolpert waren.

Also los! Auf der nächsten Seite geht es weiter.

094

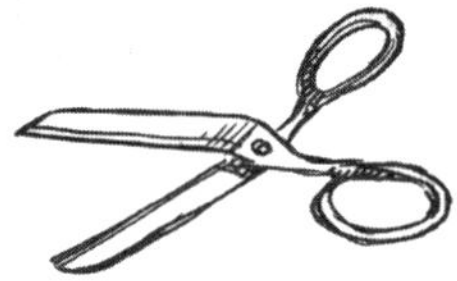

Wenn ich dich in der Schule sehe, denke ich nur an dich.

Wenn ich dich nicht in der Schule sehe, denke ich nur an dich.

Wenn ich versuche, nicht an dich zu denken, denke ich nur an dich.

Denkst du auch an mich?

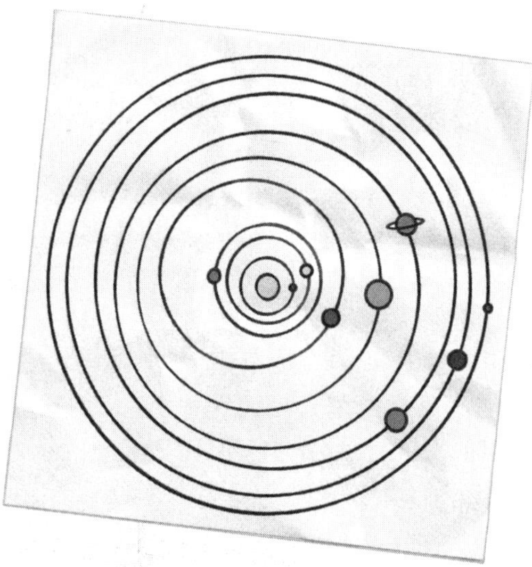

0 9 5

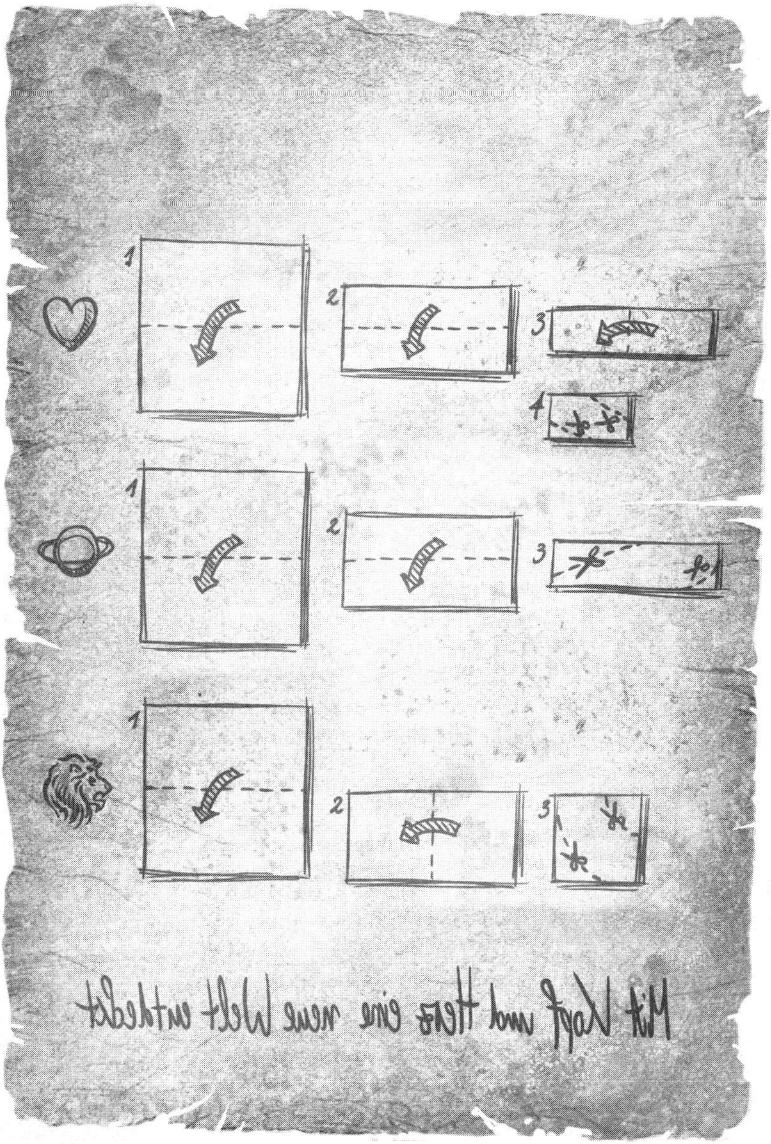

0 9 6

✶ ✚ ▲

Dieses Mal mussten wir nicht erst lange überlegen, wo wir die Zahlen eingeben sollten, die sich durch das Verbinden der Punkte ergeben hatten: Der Stiel des Wischmopps lehnte exakt auf der Höhe des schmalen Metallspindes, in der sich auch die Tastatur des elektronischen Schlosses befand.

Da Ben sich vor einer Stunde erfolglos abgemüht hatte, es zu öffnen, war es für Mina und mich in Ordnung, dass er den Code eingab. Jede Ziffer ein Laut. Ein leises Klacken. Zögernd drehte Ben den Griff – er gab nach! Voller Erwartung sahen wir ins Innere des Spindes – und direkt auf eine signalrote Geldkassette. Konnte es so einfach sein?

„Passen da mehrere hunderttausend rein?“

„Eher nicht“, antwortete Ben auf meine zweifelnde Frage.

Mina war da pragmatischer. „Finden wir’s raus!“

Nur leider mussten wir auch dazu ein Zahlenschloss überwinden.

Auf der Suche nach einem Anhaltspunkt durchwühlten wir jedes Fach des Metallspindes. Doch der Inhalt war eine Enttäuschung. Außer einem Stapel alter Physikarbeiten (wer hebt denn zehn Jahre alte Arbeiten auf?), mehreren Batterien, einer Kiste mit bunten Kabeln und ähnlichem Kram fanden wir nichts. Nichts, was uns weiterhelfen konnte. Suchten wir an der falschen Stelle?

„Das kann doch nicht wahr sein!“ Ben schlug die Tür des Spindes so heftig zu, dass sie zurückschnellte und gegen die Wand

krachte. „Die Minuten rattern nur so runter und wir sind kaum einen Schritt weiter! Ich will das endlich hinter mich bringen!"
„Das wollen wir alle", sagte Mina, so ruhig sie konnte. „Das hilft uns aber nicht. Also zurück auf Anfang: Zum Spind und zum Code hat uns die Kettenreaktion geführt. Und dabei ..."
„... sind noch eine Menge anderer Sachen passiert." Ich verstand, worauf Mina hinauswollte.
Am Putzwagen war nichts Auffälliges festzustellen. Während Ben den hölzernen Zylinder untersuchte, wollte ich mir das Memoboard näher ansehen. Wo ließe sich eine Nachricht besser verstecken als unter den unzähligen Hafties?
„Warte!" Mina hielt mich zurück und deutete auf meinen fragenden Blick hin auf das Board, dessen Position sich durch die Kettenreaktion von waagerecht zu senkrecht verändert hatte. Jetzt sah ich es auch: Die Anordnung der blauen und gelben Klebezettel war keine willkürliche, sie ergaben ein Muster. Waren das ... Schriftzeichen?
„Helft mir!", sagte Mina.
Was?!
„Helft mir!", wiederholte Mina. „Steht da. Auf Dari."
Die Fragezeichen über Bens Kopf waren so deutlich zu sehen, als wären sie darübergemalt.
„Eine der beiden Amtssprachen Afghanistans."
„Ah, klar." Ben glaubte zu verstehen: „Du bist ja auch aus Afghanistan."

Mina richtete ihren Blick auf Ben. Ihren ganz eigenen, beunruhigenden Blick. „Meine Großeltern sind aus Afghanistan. Ich bin von hier."

Ben wirkte nicht, als hätte er je über den Unterschied nachgedacht, aber sein Schulterzucken war nicht ganz so lässig wie beabsichtigt, also tat er es vielleicht jetzt.

Der Hilferuf auf Dari beantwortete zumindest, wer erpresst wurde und warum Mina hier war.

Nadjafi musste ziemlich verzweifelt sein. Fragte sich, ob verzweifelt und unschuldig (wofür Mina plädierte) oder verzweifelt und skrupellos (wovon Ben überzeugt war).

Da sich das Gedankenkarussell in meinem Kopf wieder zu drehen begonnen hatte, beschloss ich, mich aus dem Wortwechsel rauszuhalten, und wandte mich den Notizzetteln an der Pinnwand zu. Die blauen waren unbeschrieben, waren nur zwischen die anderen gesetzt worden, um die Schriftzeichen zu formen. Die gelben erinnerten an vergangene Schulversammlungen und Projekttage, Stundenplan- oder Raumänderungen, sollten mit holprig reimenden Merksätzen das Lernen von Formeln erleichtern oder durch Zeichnungen physikalische Gesetze begreiflich machen. Manche der Hafties hingen schon so lange hier, dass sie verblasst und kaum noch lesbar waren, mit den runden Buchstaben von Fünftklässlern, den hingeworfenen des Direktors oder den gezirkelten unseres pedantischen Physiklehrers. Ich sah Generationen von Schülern vorbeiziehen und Merksätze aufschreiben und auswendig lernen, sah Galle (er liebte Merksätze) im Takt nicken, mit Jahr zu Jahr lichter werdendem Haar und fleckigerem Gesicht. Drei Jahre noch bis zum Abi. Wenn ich Pech hatte, bedeutete das drei Jahre mit Galle in Mathe oder Physik oder sogar in beiden – da ich meistens Pech hatte, wahrscheinlich in beiden.

Ich schüttelte mich und den Gedanken ab und konzentrierte mich wieder auf die Haftnotizen, von denen eine neuer als die anderen aussah: leuchtend gelb, die Schrift tiefschwarz. Zwei große Tintenkleckse verdeckten einen Teil des Textes: Irgendetwas sollte in einer bestimmten Art und Weise sortiert werden, um einen Code zu erhalten.

Bei dem Wort *Code* wurde ich aufmerksam, aber auf der Pinnwand war kein weiterer Hinweis auf eine Chiffre zu finden. Auch beim Durchsuchen des Spindes und der Schublade des Lehrerpultes fanden wir nichts, worauf sich diese Anleitung beziehen konnte. Also gab ich schließlich auf. (Sogar in den Papierkorb hatte ich geschaut. Der Zettel, der neben dem zerknüllten lag, war zwar so groß wie ein Haftie, zeigte aber bloß eine Zeichnung unseres Sonnensystems. Allerdings die alte, nicht mehr aktuelle Variante, als Pluto noch zu den Planeten zählte.) Ernüchtert pinnte ich die gefundene und zunächst so vielversprechende Notiz zurück ans Memoboard; beim Öffnen der Geldkassette würde sie uns sicher nicht helfen.

100

Ben versuchte, die Box mit dem Zirkel aufzustemmen, kratzte dabei aber nur den Lack vom Metall. Ein Schraubenzieher wäre sicher hilfreicher, aber dazu müssten wir an die Schränke mit den Unterrichtsmaterialien ...

„Moment!“, rief ich.

Metall. Box. Verschlossen.

„Was?!“, fragte Ben gereizt. Er drehte die Geldkassette von oben nach unten und von rechts nach links, als müsste sich irgendwo ein geheimer Mechanismus verbergen, mit dem sie sich öffnen ließ.

„Ein rundum geschlossener Kasten aus Metall“, sagte ich. „Metall leitet ...“

„Ein Faradaykäfig!“, rief Mina. „Wieso sind wir nicht früher darauf gekommen?“

Wir schauten alle auf die Tafel, fest davon überzeugt, dass wir dort einen weiteren Anhaltspunkt finden würden. Aber weder die Formeln noch die Zeichnung brachten uns weiter. ‚Wie bei FA RADAY ...‘

„Wie bei Faraday, dann die rechte Seite“, murmelte Ben wie ein Mantra vor sich hin. „Wie bei Faraday ... Was soll das bloß heißen?“

Tja, das war die 500.000-Euro-Frage. Na gut, 450.000. Wenn wir nur das Geld aus dem Tresor fanden. Hört sich aber längst nicht so gut an.

„Wie ... oh Mann!“, rief Ben plötzlich.

„Was?“, fragte diesmal ich.

101

„Die Lücke!“, sagte Ben und begann in den Klassenbüchern herumzuwühlen, die er vor nicht allzu langer Zeit auf dem Boden verteilt hatte.

„Welche Lücke?“, fragte Mina.

„Die in FA RADAY“, sagte Ben.

Hä?!

„Das heißt nicht Faraday!“ Ben hob eines der Bücher hoch und deutete auf einen Eintrag. „Das heißt F-A-Raday!“

Ich verstand immer noch nicht. Mina anscheinend schon.

„Ráday war hier Lehrer!“, erklärte sie mir. „Vor deiner Zeit. Wir hatten ihn in der siebten.“

Ben nickte: „Ganz schön streng! Und niemand wollte in der ersten Reihe sitzen.“

„Nee, das ging nur mit Schirm!“

„Bist du deswegen nicht mal rausgeflogen? Weil du einen aufgespannt hast?“

„Wenn er mich auch zwingt, nach vorne zu kommen ...“ Mina lachte.

„Hä??!“, fragte ich. Diesmal laut.

„Feuchte Aussprache“, sagte Mina „Nett ausgedrückt!“

„Weswegen er auch Regen-Ráday genannt wurde“, sagte Ben. „Und sein Vorname war Ferenc. Ferenc A... Adam?“

„András. Ferenc András Ráday!“

Jetzt hatte selbst ich es begriffen. „Und wie hilft uns das jetzt weiter?“

„Lass mal sehen ...“ Ben legte die Kladde vor uns auf einen der Tische, sodass wir alle reinschauen konnten. Ein Teil der Seite war durch ein viereckiges, mit einer Büroklammer befestigtes Stück Papier verdeckt, einen kurzen Liebesbrief, den Ráday anscheinend konfisziert hatte. Ben zog die Büroklammer ab, damit wir sehen konnten, was darunterstand. „Aufzeichnungen zum Stoff, wer war krank ...“, murmelte er, „... neue Sitzordnung auf Wunsch der Schüler ...“

Mina lachte. „Wen wundert's.“

„Neue Sitzordnung! Das ist es“, ich tippte auf die Skizze, mit der Ráday die Änderungen festgehalten hatte „oder besser gesagt, neue *Tisch*ordnung!“

Schau selbst! Finde die Seiten des Klassenbuchs!

1 0 3

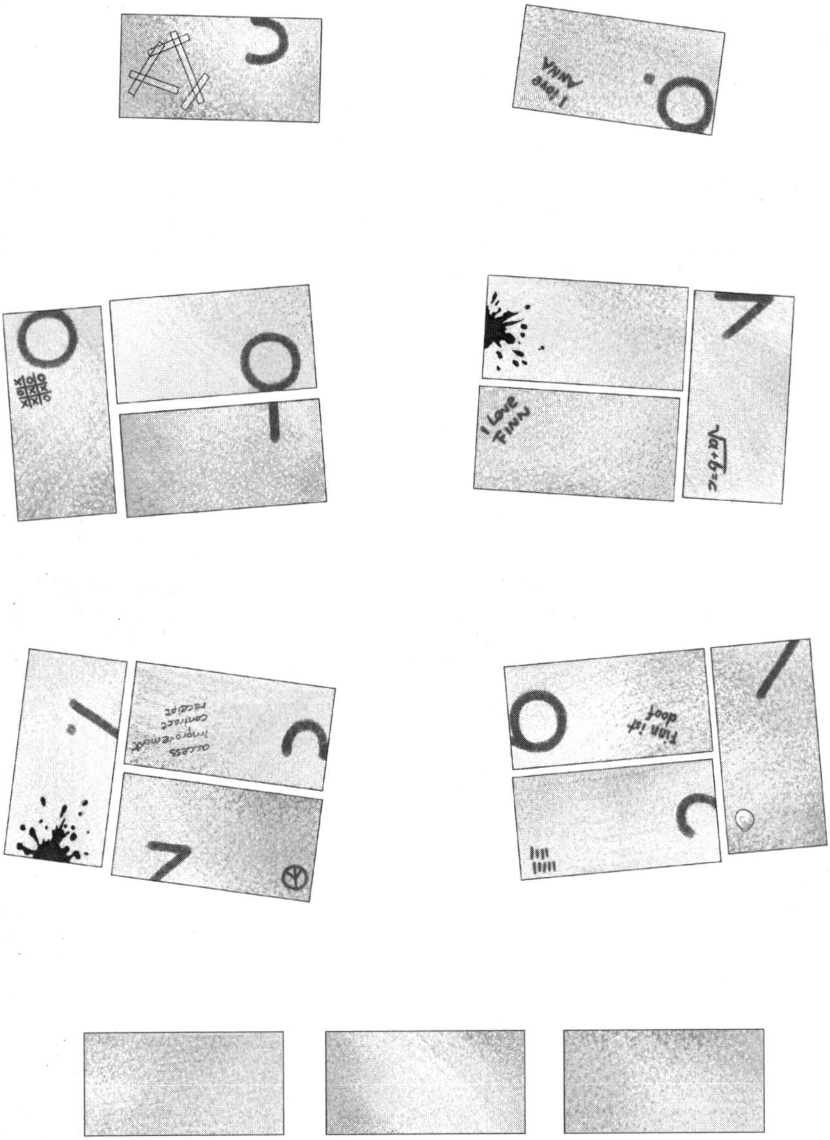

I love ANNA
I Love FINN
√a+b=c
access
improvement
contract
receipt
Finn ist
doof

„Ich hab's! Dritte Ebene, Mitte!" Mina hielt fordernd die Hand auf, doch Ben ging darüber hinweg.

Bevor die beiden wieder aneinandergerieten, nahm ich die Holzkugel und brachte sie vorsichtig in Position. Ich sah zu Ben und Mina, sie nickten und ich ließ los.

Eine Kettenreaktion setzte sich in Gang: Über eine Wippe wurden weitere Kugeln in Bewegung gebracht, die sich durch verschiedene Falllöcher verteilten, durch einen Looping wieder zusammenfanden und durch ihr Gewicht einen Seilzug auslösten, der einen kleinen Plexiglasbehälter nach oben zog. Die metallene Murmel, die darin lag, wurde über eine schmale Schiene die Deckenrohre entlanggeleitet, traf auf eine zweite, an der kleine, runde Magneten hafteten, die sich gegenseitig anzogen und abstießen, bis die Murmel an einem Strang von ihnen nach unten schwang. Dadurch brachte sie weitere Kugeln ins Rollen, die über eine Wandleiste und den oberen Rand eines kleinen Memoboards liefen, an dem dicht an dicht gelbe und blaue Haftnotizzettel klebten. Durch das Gewicht der Murmeln wurde der Rahmen auf einer Seite nach unten gedrückt, sodass er senkrecht hing, die Kugeln fielen in die Öffnung eines hölzernen Zylinders, er rollte über den Boden, kullerte gegen den Putzwagen und wickelte so die Schnur auf, die an ihm befestigt war – wodurch der Wischmopp kippte und den Eimer mitriss, in dem er stand. Aus dem Eimer flog ein Papierflieger, der genau vor dem schmalen Spind landete, gegen den der Stiel des Mopps prallte.

Wow! Da hatte sich jemand echt was ausgedacht!

Ich nahm den Flieger und entfaltete ihn neugierig, doch es war nur ein Plan. Nein, leider kein Gebäudeplan mit einem verschlüsselten Hinweis auf das Versteck, wie ich eine Sekunde lang voreilig hoffte. Es war bloß ein Putzplan, mit Namensspalten und Einträgen darunter, wer wo sauber machen sollte. Keiner der Namen, die darauf standen – Jafidan, Greiner, Tomczyk – war mir ein Begriff. Oder? Nein, eher nicht. Aber ich war auch noch nicht lange auf dem Da-Vinci. Obwohl – kennt irgendwer die Namen derer, die nach Schulschluss hinter einem aufräumen müssen? Ben jedenfalls schüttelte den Kopf.

Ich wollte das Blatt schon wieder zusammenfalten, als Mina meinen Arm festhielt. Ihre Hand war schmal und leicht.

„Heizungskeller, Physik U1, Archiv ... Das ist hier unten ... Ich habe doch irgendwo ...“ Sie sah sich suchend um, zwei schnelle Schritte, sie war bei der Tür. Der Fluchtplan! Er zeigte den Grundriss des Untergeschosses (zumindest des Seitenflügels, in dem wir uns befanden). Darauf waren die Start- und Endpunkte des kürzesten Fluchtweges markiert. Und auf dem Putzplan? „Zeig mal!“ Ben griff nach dem Blatt, das ich in der Hand hatte. Da ich aber gerade über etwas anderes grübelte und nicht schnell genug losließ, riss es mitten durch.

„Mann, kannst du nicht aufpassen?!“ Das war typisch Ben.

„Klar, meine Schuld“, sagte ich nur (und war mir nicht mal sicher, ob er die Ironie bemerkte), nahm ihm seinen Schnipsel aus der Hand und legte die beiden Hälften nebeneinander auf einen der Tische. Der Riss ging genau durchs Datum, das mir bis dahin gar nicht aufgefallen war: 12.06.2017.

„Das ist das Datum des Überfalls!“ Ben hing sofort am Haken. „Das kann kein Zufall sein!“

Diesmal war sogar Mina geneigt, ihm zuzustimmen.

Aber da war noch etwas. „Kommt euch dieser Name auch irgendwie bekannt vor? Jafidan ...“ Ich sah Mina und Ben an. Mina wollte schon verneinen, als sich ihre Augen weiteten: Das ist ein Anagramm! Dieselben Buchstaben wie bei ...“

„... Nadjafi“, beendete ich ihren Satz.

„Und wieder führen alle Spuren zum Hausmeister!“ Wie Ben das genoss.

Während er und Mina sich auf den nächsten Schlagabtausch einstimmten, versuchte ich dahinterzukommen, wie der Putzplan mit den Fluchtwegen zusammenhing. Wieder und wieder sah ich von einem Blatt zum anderen, ich wusste schon auswendig, was daraufstand.

Was ist? Sieh es dir selbst an. Auf der nächsten Seite geht es weiter.

Flucht- und Rettungsplan

Verlassen Sie im Notfall das Gebäude auf dem kürzesten Weg!

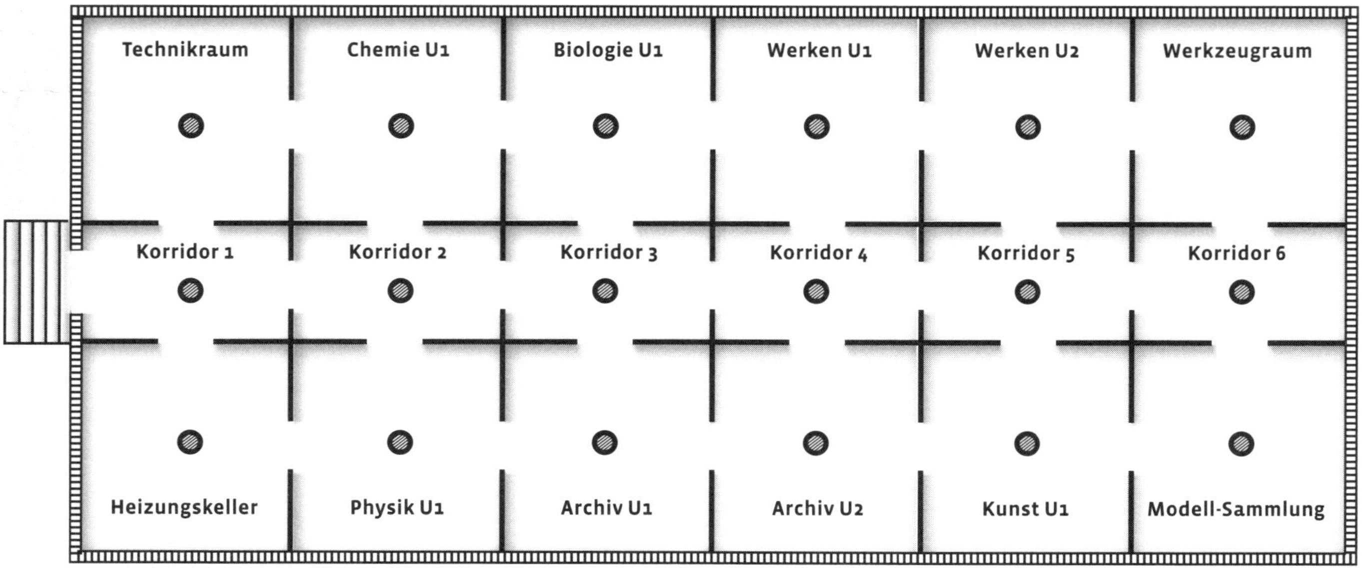

109

Reinigungsplan

Objekt: Leonardo-da-Vinci-Gymnasium – Untergeschoss Seitenflügel
Datum: 12.06.2017
Zeit: 18.00 bis 22.00 Uhr
Personal: Herr Jafidan, Frau Tomcyk, Frau Greiner

WIR VERBINDEN ORDNUNG & SAUBERKEIT
OTTO GROBOLD
GEBÄUDEREINIGUNG

Herr Jafidan	Frau Tomczyk	Frau Greiner
Technikraum	Biologie U1	Modell-Sammlung
Chemie U1	Werken U1	Korridor 6
Korridor 2	Korridor 4	Werkzeugraum
Korridor 1	Archiv U2	Korridor 6
Korridor 2	Archiv U1	Korridor 5
Physik U1	Korridor 3	Werken U2
Heizungskeller	Biologie U1	

Wo ließen sich mehrere hunderttausend Euro so deponieren, dass sie leicht zu verstecken, aber schwer zu finden waren? Mit oder ohne Tresor?

Während ich noch überlegte, durchstöberte Ben bereits das Seitenelement des Schreibtisches, in dem sich neben einer mehrere Wochen alten Ausgabe der Lokalzeitung nur noch ältere Arbeitsblätter und Klassenbücher fanden. Ben glaubte, auf der richtigen Spur zu sein, denn die Zeitung enthielt einen kurzen Artikel über den Überfall. *Knapp 500.000 € in 5 Minuten – spektakulärer Raub, erfolglose Ermittlungen,* lautete die Schlagzeile. Doch neben dem, was wir schon wussten, enthielt der Text kaum neue Informationen. Die Sicherheitskräfte hatten keine Hinweise zu Tätern oder Beute geben können (Spenden plus Uhren und Schmuck, alles in allem knapp 500.000 Euro), niemand hatte das Schulgelände betreten oder verlassen. Die Polizei ging davon aus, dass der oder die Täter genaue Kenntnisse der Lage vor Ort hatten.

„Wusst' ich's doch!", sagte Ben und las laut: „‚Diese Vermutung wird durch die Aussage des Schulleiters Dr. Kemnat bestärkt, der angab, zur Herausgabe des zweiten Tresorschlüssels genötigt worden zu sein, obwohl nur einem kleinen Kreis Eingeweihter bekannt war, dass er diesen in Verwahrung hatte. Als Hauptverdächtiger gilt N., der Hausmeister der Schule, der von Lehrern und Leitung bisher sehr geschätzt wurde' ... und so weiter ..."

Das „Und so weiter“ interessierte mich und ich nahm das Blatt, das Ben schon in den Papierkorb werfen wollte, und überflog den Rest. „... sehr geschätzt ... nicht zuletzt wegen seiner beruflichen Qualifikation ... gelernter Ingenieur, dessen an einer Universität in Kabul erworbener Abschluss in Deutschland nicht anerkannt wurde ...“

Das hatte ich tatsächlich nicht gewusst, aber was Ben ausgelassen hatte, weil es nicht ins Bild passte oder er es sowieso nicht glaubte, war, dass Nadjafi weiterhin seine Unschuld beteuerte. Ich tauschte einen Blick mit Mina, während Ben bereits die Klassenbücher und Arbeitsmappen aus dem Schreibtisch räumte, sie ungeduldig durchblätterte und achtlos zur Seite warf – nachdem seine Hoffnung, zwischen den Seiten die Banknoten zu entdecken, ein ums andere Mal enttäuscht wurde.

Mina entschied sich für das weniger Naheliegende, prüfte die Unterseiten der Tischplatten, tastete die Lücke zwischen Heizkörpern und Wand ab und rückte das Regal neben dem Waschbecken vor, wobei ein Päckchen Puderzucker herunterfiel und sich über die Versuchsanordnung verteilte (irgendwas mit einer Kugelbahn), die auf einem rollbaren Bürocontainer stand.

Ich schob den Tisch beiseite, gegen den Mina sich gelehnt hatte, denn mir war darunter eine metallene Linie aufgefallen. Es war ein Beschlag aus Aluminium, der eine der quadratischen

Fliesen aus Linoleum umfasste. Eine Fußbodenluke?! Ich tastete und drückte und schließlich schwang der Mechanismus nach oben. Leider waren darunter nur Steckdosen und sonst nichts verborgen. Das galt auch für die beiden anderen in den Boden eingelassenen Klappen.

Als Ben sah, was ich tat, nahm er sich die lose wirkenden Lineoleumplatten an der Fensterseite vor, deren Rand sich nach oben wellte. Er stemmte ein Bein gegen die Wand und zog. Die Adern an seinem Hals traten schon hervor, er zerrte so verbissen, dass er fast umgefallen wäre, als die Fliese endlich nachgab. Doch darunter war nichts als Estrich. Auch der schmale Metallspind neben der Tür erwies sich als Sackgasse, er war mit einem elektronischen Schloss gesichert. Ben drückte ein paarmal wahllos die Tasten, gab es dann auf und wandte sich den Schränken an der Rückseite des Klassenzimmers zu, die ebenfalls abgesperrt waren. Durch die staubigen Glasscheiben konnte man sehen, dass hier vom Atommodell über Prismen bis zu Voltmetern und Zählgeräten zur Frequenzmessung so ziemlich alles verwahrt wurde, was im Physikunterricht gebraucht werden konnte. Darunter vielleicht auch einige wertvolle Geräte, was die Vorhängeschlösser mit Zahlenrädchen rechtfertigen mochte, die es aber eher unwahrscheinlich machten, dass der oder die Diebe dort hunderttausende Euro deponiert hatten (es sei denn, sie kannten die Kombinationen).

Ich wollte mir den Stapel Stühle vornehmen, der vor dem hinteren Fenster aufgetürmt war, da fiel mir auf, dass in die Staubschicht, die die danebenstehenden Tische bedeckte, Linien gezogen waren, als hätte jemand mit dem Finger Muster hineingemalt. Ich fragte mich gerade, ob das etwas zu bedeuten hatte, als Mina ein Triumphgeheul ausstieß. Sie hatte die Tafel hochgeschoben und tastete den Hohlraum zwischen Rückwand und Mauerwerk ab.

„Ich hab was!“ Sie reckte ihren Arm noch ein Stückchen weiter. „Fühlt sich an wie Stoff!“

Wir alle sahen schon den Beutel mit dem Schmuck, den Uhren und den restlichen Spendenumschlägen vor unserem inneren Auge, aber was zum Vorschein kam, war ein schimmliger Tafellappen, der roch wie eine Umkleide voller Fußballschuhe nach einem Spiel mit Verlängerung und Elfmeterschießen.

Zwanzig Kaugummis, diverse Kulis und eine mumifizierte Maus später waren wir genauso weit wie am Anfang. Der einzige Unterschied bestand darin, dass der Raum aussah, als wäre er nach einem fehlgeschlagenen Experiment explodiert: zwei herausgerissene Lineoleumplatten, aufgeschlagene Bücher auf dem Boden, mit Puderzucker bestäubte Arbeitsblätter flogen herum … Wir hatten ganze Arbeit geleistet, das Geld aber nicht gefunden.

Ben hätte am liebsten die gläsernen Einsätze in den Schranktüren eingeschlagen und die hohl klingende Wand hinter dem

Waschbecken aufgestemmt, wenn er das passende Werkzeug dafür gefunden hätte. Er wollte schon einen Stuhl als Rammbock benutzen, doch bevor wir Physik U1 in blindem Aktionismus ganz auseinandernahmen, war ich sehr dafür, kurz nachzudenken. Bevor jemand das Risiko einging, drei Außenstehende einzubeziehen und es darauf ankommen zu lassen, entdeckt zu werden, wäre es doch mehr als logisch, zuerst selbst zu suchen. Die Uhr tickte. Warum also hatte unser mysteriöser, hm, Auftraggeber uns keinen Hinweis gegeben, was wir uns sparen konnten?

Ich ging im Kopf noch einmal alles durch, die Aufforderung an der Tafel, die Formel, die hervorgehobenen Zeichen ... hatten wir etwas übersehen?

Hatten wir: Das Unendlichkeitszeichen, das die Formeln an der Tafel abschloss und ebenfalls hervorgehoben war. Aber was hatte es zu bedeuten? Anscheinend hatte ich laut gedacht, denn Ben, der in der Schublade des Lehrerpultes nach etwas kramte, womit er die Vorhängeschlösser aufbrechen könnte (an denen sich Mina mit Büroklammer und Zirkel abmühte), sah grübelnd von mir zur Tafel und zurück. Ich konnte die Zahnräder in seinem Kopf rattern hören, zögernd griff er nach der Holzkugel auf dem Lehrerpult, die er vorhin in seinen unruhigen Händen gedreht hatte: Inmitten des Gewirrs der geflammten Linien, mit denen die Kugel verziert war, fand sich das Unendlichkeitszeichen. Ben, etwas verlegen, weil er das Symbol nicht gleich bemerkt hatte, erinnerte sich daran, dass die zwei Hälften der Kugel beweglich gewesen waren. Und tatsächlich ließen sie sich gegeneinanderdrehen – und die kreuz und quer laufenden Linien ergaben ein Muster: ein Labyrinth. Die beiden Teile des Unendlichkeitszeichens wurden zum Start- beziehungsweise Endpunkt. Ließ sie sich öffnen?

Mina nahm Ben die Kugel aus der Hand und wich ihm geschickt aus, als er sie zurückholen wollte. Der Weg zum Mittelpunkt war schnell gefunden. Aber wie weiter?

„Drück mal drauf", schlug Ben vor.

„Tu ich doch!"

Dass Mina für einen Moment abgelenkt war, nutzte Ben, um sich die Kugel wieder zu schnappen.

„He!" Minas Hand schoss nach oben, doch Ben hielt den hölzernen Ball über den Kopf und drehte sich weg. Mina war schnell, doch Ben als Handballer auch, er täuschte an und duckte sich unter Minas Arm weg. Ich sah mir das eine Weile an, aber irgendwann hatte ich genug. „Wenn ihr so weitermacht, sitzen wir in einer Woche noch hier. Es ist nach vier!"

Das brachte die beiden zwar dazu, sich gemeinsam über die Kugel zu beugen, dafür stritten sie jetzt darüber, was zu tun war, um den Mechanismus zu knacken. Letztendlich war Ben, der mit seinen unruhigen Fingern jede Fuge, jede Einkerbung danach abtastete, ob sie sich bewegen ließ, derjenige, der daraufkam, dass die beiden Teile des Unendlichkeitssymbols gleichzeitig gedrückt werden mussten, damit sich die Kugel öffnete. Im Inneren fanden wir einen Brief. Einen Erpresserbrief. Oder vielmehr eine Schwarz-Weiß-Kopie eines Erpresserbriefes. Er entsprach genau der Vorstellung: aus Zeitungen und Zeitschriften ausgeschnittene und aufgeklebte Buchstaben in verschiedenen Größen, Farben und Formen. Im Zeitalter des Computers eher ungewöhnlich, genau wie die unvollständigen Wörter. Der Sinn aber war trotz der Lücken zu verstehen.

„Vierhundertfünfzigtausend Euro. Finde sie! Du hast 1 Woche oder du wanderst für Jahre hinter Gitter. Beeil dich! Die Zeit rennt!"

Wir sahen uns unschlüssig an. Das war mehr als seltsam.

„*Wir* können nicht gemeint sein", sagte Mina nachdenklich.

Ich schüttelte den Kopf. Es klang schon sehr danach, als sei jemand um seinen Anteil gebracht worden.

„Sag ich doch! Nadjafi hatte einen Komplizen! Und erpresst ihn ...", rief Ben.

Minas Brauen zogen sich zu einem Strich zusammen. „Jetzt hör doch mal auf! Wir wissen doch gar nicht, ob Nadjafi überhaupt was damit zu tun hat!"

„Und wieso sollte sich, wer auch immer erpresst wird, ausgerechnet an uns wenden?", ergänzte ich.

Damit wären wir zurück auf Los. Wir sahen uns ratlos an.

117

„Was sind das eigentlich für Zeichen?“, fragte Ben, der den Erpresserbrief immer noch in der Hand hielt.
„Welche Zeichen?“, fragte Mina, während wir beide über Bens Schulter sahen.
In die obere Ecke des Erpresserbriefes waren Symbole gekritzelt. Symbole, die ich schon mal gesehen hatte.
„Die Kugelbahn!“ Mina sprang auf und trat zu der Versuchsanordnung auf dem Rollwagen.
Auf dem hölzernen Gerüst lagen auf verschiedenen Ebenen mehrere Kugeln, ähnlich der, die wir gerade geöffnet hatten, nur die Verzierung aus eingebrannten Linien fehlte.
Die Ebenen, die durch Wippen oder Falllöcher verbunden waren, waren mit Symbolen gekennzeichnet, die Stationen für die einzelnen Kugeln mit dreistelligen Zahlen. Nicht alle Stationen waren besetzt. Um den Versuch ins Rollen zu bringen, musste eine weitere Kugel ins System eingefügt werden.
Nur wo? Während Ben die beiden hölzernen Hälften wieder zusammenfügte, ging mein Blick wieder zum Erpresserbrief.
War das ein Hinweis? Wenn ja, war er verschlüsselt.
„Das ist ein ...“, sagte Ben.
„... Rätsel!“, riefen Mina und ich gleichzeitig.

Was ist mir dir? Wir machen hier nicht alles allein. Blättere um!

iER HUndErt Fün f-

Z gtaUS nd eu O.

fi de sie!

Du hasT 1 wocH .

oDer d wa dER t Für

Jahre Hnt R GiTTeR.

EEil Dich! di

ZEiT re nT

119

● Y ■

Nachdem wir durch das Zerschneiden der Zettel die Zahlen hatten, dauerte es noch eine ganze Weile, bis wir auf die richtige Reihenfolge kamen, in der die Elemente auf der Schatulle bewegt werden mussten. Trotz der Notiz in Spiegelschrift versuchten wir erst die Kombination, die sich von oben nach unten durch die Symbole auf der Skizze ergaben. Nur leider war das falsch. Mina kam schließlich dahinter, dass wir nicht mit den beiden Hälften des Herzens anfangen durften, sondern zuerst die drei Ornamente auf der gegenüberliegenden Seite aneinanderfügen mussten, damit diese nicht blockiert wurden. Zusammen ergaben die drei einen Löwenkopf, dessen Zunge auf eine Vertiefung zeigte. Durch ein seitliches Zahnrädchen ließ sich die darunterliegende Scheibe mit aufgemalten Zahlen einstellen. Erst dann konnten wir ein scheinbar nahtlos eingefügtes Teilstück an der Längsseite herausziehen und das freigelegte Relief des Planeten so lange drehen, bis auch die dritte Zahl erschien. Sie ließ sich nach unten drücken: Das leise Geräusch einer sich lösenden Feder, dann lag die fehlende Folie vor uns.

Und, was in dem Moment fast noch besser war: eine riesige Tüte Studentenfutter und drei Müsliriegel. So gut hat mir ein Müsliriegel noch nie geschmeckt.

Mina legte die Folie über die anderen beiden; erst jetzt ergab sich ein Gesamtbild dreier aneinandergrenzender Räume: Physik U1, links davon der Heizungskeller und rechts das Archiv.

Aber im Gegensatz zu den abstrahierten Abbildungen auf dem Fluchtplan an der Tür war hier jeder Winkel, jeder Vorsprung und jede Änderung aller Bauphasen festgehalten. Folie 1 und Folie 3 stammten offenbar aus verschiedenen Jahren.

„Seht mal, der Heizungskeller. Der war früher viel kleiner." Ben deutete auf die voneinander abweichende Linienführung.

„Wurde nicht irgendwann ein neuer Heizkessel eingebaut?", fragte Mina und schob sich eine Handvoll Studentenfutter in den Mund.

Ben nickte. Dazu war offenbar ein Teil dieses Raumes abgezweigt worden, was auch die ungleichen Nischen erklärte.

Sehr viel interessanter war aber etwas anderes. Etwas, das ich zunächst für eine zufällige Überschneidung durch die nicht ganz genau aufeinander abgestimmten Folien hielt. Doch da die Linien sonst nahtlos ineinander übergingen, wurde ich stutzig. „Das da, in der hinteren Schrankreihe, ist das ... ein Durchgang?" Mina trat näher an die Projektion heran, um es sich genauer anzusehen. „Ja, du hast recht. Dort könnte mal eine Tür gewesen sein."

„Und was, wenn sie noch dort ist?"

„Du meinst ...?" Ben wandte sich um und betrachtete nachdenklich die Reihe der Schränke, die sich über die ganze Wand zogen.

„Genau." Wenn wir Glück hatten, ein Fluchtweg. Wenn wir Pech hatten, zugemauert.

2

„Ich sagte doch, der Pfeil auf dem Boden zeigt nicht nur auf die Schublade!“ Schon war Mina bei den Schränken.

„Fass mal mit an!“, rief Ben in meine Richtung.

Doch auch mit vereinten Kräften gelang es uns nicht, den Schrank, auf den es ankam, vorzuziehen.

„Vielleicht sollten wir erst den ganz außen wegschieben“, sagte Ben, „dann kommen wir besser ran.“

Gute Idee, mäßiger Erfolg. Selbst als Mina auf die Pyramide der ausrangierten Stühle stieg, um von oben zugreifen zu können, bewegte sich der Schrank keinen Millimeter.

„Vielleicht löst er sich, wenn wir ihn hin und her ruckeln“, überlegte ich.

Ben und ich stellten uns an die Seiten, Mina blieb auf der Stuhlpyramide.

„Okay – los!“, befahl sie. „Ben, versuch’s mal mehr nach links.“

Bens Adern traten schon hervor, so sehr strengte er sich an.

„Das andere links!“

Manchmal lag unter Minas Stimme ein Lachen, das sie fast immer wieder unterdrückte, was ich in diesem Fall sehr rücksichtsvoll, sonst aber schade fand.

Doch egal, ob rechts oder links, vor oder zurück, die Schränke standen zu dicht, waren verkeilt oder sogar miteinander verbunden. Mina schnippte gegen das Vorhängeschloss, das Ben bereits zu öffnen versucht hatte. Es schwang klappernd hin und her. (Es schien uns auszulachen, das Mistding.)

„Suchen wir den Code“, sagte Mina.
„Suchen wir den Code“, antwortete ich.
Obwohl wir dem Gefühl nach fast alles umgedreht hatten, was sich umdrehen ließ, gab es unzählige Möglichkeiten, an denen weitere Anhaltspunkte verborgen sein konnten. Ich hoffte darauf, etwas, das uns weiterhelfen würde, in der Nähe zu finden, und schaute mir die Modelle auf den hinteren Schränken genauer an, Ben den Stapel Stühle und Mina hatte die Fächer des Rollwagens vollständig leer geräumt und hing mit dem Kopf halb zwischen Ablage und Deckplatte, um hinter die seitlichen Verblendungen sehen zu können. Sie überprüfte den Sockel der Kugelbahn auf ein geheimes Fach, anschließend die Schreibtischschublade. Sie zog sie ganz heraus, um die Rückwand abzutasten, und als das alles nichts brachte, sah sie sogar durchs Mikroskop, ob auf dem Glasplättchen darunter eine Botschaft in winzigen Buchstaben stand.
Ich war mittlerweile bei dem elften, zwölften Modell und Ben, dessen Bemühungen ebenfalls ins Leere liefen, kehrte die Putzeimer um, schüttelte sogar die Wischlappen aus und nahm schließlich den Müllbeutel aus dem Papierkorb: „Das könnte was sein!“
Ich ließ das nächste Modell Modell sein, auch Mina richtete sich erwartungsvoll auf. Aber ob der Papierschnipsel, den Ben hervorzog, absichtlich dort deponiert oder einfach nur ne-

ben die Mülltüte gefallen war? Ich vermutete Letzteres. Das karierte Stück Papier, das von einem Schulblock abgerissen worden war, schien Teil einer Einkaufsliste zu sein: Küchenrolle, Alufolie, Wachsmal..., Klebeban..., Kaliumni..., Puderz... Der Rest fehlte. In der oberen Ecke fand sich ein grün verschmierter Fleck mit einem halben Fingerabdruck. „Ich glaube, das bringt uns nicht weiter, oder?“, fragte ich.

„Eher nicht“, sagte Mina.

Ben wollte den Zettel enttäuscht zusammenknüllen, als Mina seine Hand festhielt. „Warte! Was war das Letzte?“

„Puderz... Puderzucker!“, sagte Ben.

„Das heißt Wachsmalstifte!“ Minas Finger legte sich auf die entsprechende Zeile. „... und das da Kaliumnitrat. Kaliumnitrat stand im Regal!“

Stimmt, das war mir auch aufgefallen.

„Aus dem Zeug lassen sich Rauchbomben basteln!“ Mina war so begeistert, eine neue Spur gefunden zu haben, dass sie weiterredete, ohne nachzudenken, was ihre nächsten Worte bedeuten konnten. „Hat mein Bruder mit ein paar Freunden letztes Jahr zu Silvester gemacht. Gab ’ne Menge Ärger!“

Ihr Bruder. Dessen Name auf der Liste markiert war.

„Dein Bruder. Der auf der Liste markiert ist.“ Diesmal war es Ben, der sagte, was ich dachte.

Minas Gesichtsausdruck wechselte von Freude zu Bestürzung.

Ben kramte die angebrochenen Packungen Wachsmalstifte hervor, durch eine Aussparung in der Papphülle war zu erkennen, dass sie nur noch Braun und Schwarz enthielten: „Gelb, Rot, Blau und Grün fehlen. Die Farben, die der Nebel hatte."
Mina holte Luft, sagte aber nichts.
„Vielleicht ist der Abdruck von M… also … Mr Unbekannt!" Ben rettete es gerade noch so und sah sich das Blatt genauer an. „Die … Dings, äh, wie heißen die Linien in den Fingerkuppen noch mal?"
„Papillarleisten", sagte ich. (Ab und zu sehe ich gern Krimiserien.)
„Die sind an einer Stelle durchtrennt. Könnte eine Narbe sein. Hat … Nadjafi vielleicht eine?" Ben tastete sich langsam heran. „Als Hausmeister, mit den ganzen Werkzeugen … könnte Verletzungen geben …"
„Könnte. Muss nicht!", bremste ich.
„Wie sieht's bei Mahdi aus?", fragte Ben so leichthin wie möglich.
Mina hob verunsichert die Schultern. „Er hat sich mal beim Werken das Schnitzmesser in den Daumen gerammt. Aber das ist Jahre her …"
Sie tat mir richtig leid.
„… und nur weil Mahdi einmal Rauchbomben gebaut hat, heißt das nicht, dass er es auch dieses Mal war."
Ben sah aus, als wollte er nachhaken.
„Was ist mit Jörn?", fragte ich. Das brachte Ben ins Schlingern.

„Jörn? Na ja ... beim Segeln ... Jörn hat sich mal an 'ner scharfen Kante geschnitten."

Mina hatte sich auf das Lehrerpult gestützt und knibbelte den abplatzenden Lack von der Schraubzwinge, die Teil eines Versuchsaufbaus war.

„Bringt eh nichts, zu spekulieren. Wir werden so schnell keine Fingerabdrücke zum Vergleich kriegen", sagte ich.

Ben nickte nach kurzem Zögern. Mina atmete angespannt aus. Die beiden Papierstreifen, die in dem Versuchsaufbau vor ihr lose nach unten hingen, bewegten sich aufeinander zu.

„Mach das noch mal", sagte ich.

„Was?"

„Pusten."

Mina tat mir den Gefallen nicht, also machte ich es selbst.

„Noch nie den Bernoulli-Effekt gesehen?", fragte Ben. „Man merkt, dass du Galle nicht in der Achten hattest."

Mit diesem Versuch zeigten Lehrer wie Galle gern, wie falsch Schüler liegen konnten: Beim Pusten zwischen zwei einander gegenüberliegenden Streifen Papier (oder sonst was) strebten diese nicht voneinander weg, wie fast alle vermuteten, sondern aufeinander zu. Hat was mit Strömung und Unterdruck zu tun.

Nur waren die Streifen normalerweise nicht so breit – und schon gar nicht beschriftet.

Wir hatten das nächste Rätsel gefunden. Blättere um!

126

Leonardo da Vinci

Leonardo da Vinci war einer der	berühmtesten Universalgelehrten aller Zeiten.
Er verbrachte seine Zeit mit der	Malerei, Bildhauerei, Anatomie und Philosophie.
Vollkommen unterschätzt wurde	auch sein Wissen als Ingenieur und Mechaniker.
In interessanten und intelligenten Texten zu	den verschiedensten Themen überzeugt er
seine geschätzte Leserschaft.	Übrigens: Als absolut
null und nichtig	darf die weitläufig verbreitete Meinung,
da Vinci sei	sein Nachname, angesehen werden. Sieben
Wissenschaftler seiner Zeit	lobten „di ser Piero" – wie er wirklich hieß –
in höchsten Tönen.	Manche Gemälde liebte er so sehr, dass er eins bis
sechs von ihnen – darunter auch	„Mona Lisa" – niemals verkaufte. Inzwischen wird sie im
Museum „Louvre" ausgestellt.	

Magic Rex

Wir nennen ihn von jeher den	größten Rätselmeister Europas.
Seit neun Jahren ist er bereits für die	Entwicklung phänomenaler Rätsel
bekannt. Es ist vor allem	seine Fähigkeit, diverse Zahlen
zu verbergen, die uns immer wieder begeistert.	Verstecken – so, dass man es nicht sieht –
ist sein Talent. Der Zuschauer	muss genau hinsehen, um die Lösung zu entdecken.
In Geheimtinte geschrieben	sind die Zahlen, die man am Ende nicht sieht.
Mit der Entwicklung des Fibonacci-Rätsels ist ihm	einer der acht größten
Zahlencodes aller Zeiten gelungen,	titelte eine Zeitung. Ihm gebührt großes Lob, und das
nicht nur von seinen vier anderen Kollegen.	Seit Jahren werden seine Werke – genauer gesagt
nur seine besten Rätsel, wie die „Knobelei des	Bacchus“ im renommierten
Rätselmagazin „Der Tüftler“ abgedruckt.	

„Hast du das verloren?“ Ben hielt Mina das heruntergefallene Stück Papier hin.
Mina schüttelte den Kopf, faltete es aber neugierig auseinander. Es war ein quadratischer Zettel, auf den jemand das Schullogo gezeichnet hatte: einen Doppelkreis mit dem lateinischen Motto „Veritatem quaere!“ – „Suche die Wahrheit!“, darin der stilisierte Kopf des mechanischen Löwen von da Vinci. Sofort war alles wieder da:

Die unwirkliche Stille, nachdem Löwenmaske die Aula von außen versperrt hatte. Das plötzliche Aufbranden der Stimmen. Schluchzen. Schreie. Ich hatte nur dagestanden, mich nicht bewegen können. Nicht, als meine Mutter mich umarmt hatte, und nicht, als Direktor Kemnat mir die Hand auf die Schulter gelegt und fahrig seinen Schlüsselbund aus der Tasche gekramt hatte (was nicht viel nutzte, die Tür blieb von außen blockiert). Ich weiß noch, dass ich dachte, wie unpraktisch es sein musste, diese Unmenge unterschiedlicher Schlüssel mit sich herumzutragen. Sonst hatte ich nichts gedacht.
Kurz darauf kamen die Sicherheitsleute in die Aula gestürmt, ein paar Minuten später dann die Polizei.
Schnell war klar, dass der Überfall ein gut durchdachter Bluff von einem, maximal zwei Tätern gewesen war. Die Stimmen, die von überall her gekommen zu sein schienen, waren nicht echt, sie waren aus der Konserve gewesen. Aufnahmen von

Filmdialogen, abgespielt über MP3-Player und Miniboxen, die in den Blumentöpfen verborgen waren. Dort wurde auch der Handyblocker gefunden.
Ein genialer Coup. Aber dann musste etwas schiefgelaufen sein. Die Sicherheitsleute hatten zwar niemanden raus- oder reingehen sehen, fanden aber im Keller Nadjafi, den Hausmeister. Er lag eingeklemmt unter einem Rohr, das von der Decke gebrochen zu sein schien. Der Einwegoverall, den er anscheinend gerade hatte ausziehen wollen, hing lose um einen Knöchel, neben sich hatte er die Waffe und einige Schmuckstücke, die eindeutig zu den gestohlenen Sachen gehörten.
Er behauptete, nichts mit dem Raub zu tun zu haben. Er sei im Keller mit der Lüftungsanlage beschäftigt gewesen und niedergeschlagen worden. Aber auf der Waffe (einer Gaspistole) fanden sich seine Fingerabdrücke. Das reichte für seine Verhaftung und U-Haft, auch wenn die Beute nicht gefunden werden konnte. (Die Sackkarre wurde später in der Abstellkammer gegenüber der Aula entdeckt.)
Über mögliche Verstecke und Komplizen wurde wild spekuliert. Dass eventuelle Komplizen den Hausmeister hintergangen hatten oder er sie nicht verraten wollte, waren die beiden Szenarien, die die meisten Stimmen erhalten hatten, als in der Schülerzeitung eine Umfrage dazu gestartet worden war.

„He, was ist jetzt?“ Ben stieß mich unsanft in die Rippen. Ich hatte gar nicht mitbekommen, dass er was gesagt hatte. Wenn er was gesagt hatte.

„Die Aufgaben?!“

Hatte er.

„Wenn wir hier nicht rauskommen, ohne sie zu lösen, sollten wir es vielleicht einfach tun.“

„Ach, Scheiße!“ Mina zerknüllte den Zettel und warf ihn in den Mülleimer. Widerstrebend trat sie zu uns.

Ben hatte die hölzerne Kugel vom Lehrerpult genommen und drehte sie unentwegt in der Hand, während er wie ich versuchte, aus dem Formelwust schlau zu werden.

Das Problem war nur – es gab gar keine Aufgabe, die wir hätten lösen können.

Das, was an der Tafel stand, war mehr eine Sammlung verschiedener physikalischer oder mathematischer Gesetze. Neben der goldenen Regel der Mechanik $w = F \cdot s$, die Galle gern zitierte, fanden sich der Satz des Pythagoras, weiter unten die Formel zur Berechnung der Oberfläche eines Prismas. $E = mc^2$ stand gleich zweimal da. Und was sollte das vereinzelt stehende Unendlichkeitszeichen in der untersten Reihe? Irgendetwas stimmte hier nicht. Etwas, das ich nicht greifen konnte.

Ich trat einen Schritt zurück, um die ganze Tafel im Blick zu haben. Manche Zeichen stachen heraus, waren mit einem dickeren Kreidestrich gezeichnet, waren groß, wo sie normalerweise klein geschrieben, oder klein, wo sie sonst groß geschrieben wurden. Wie bei $\mathbf{A}^2+b^2-c^2$ und oder $o = 2 \cdot \mathbf{G} + m$.

Aber klar! „Ich glaube, es geht nicht um die Formeln, es geht um ...“

„... die Buchstaben!“ Ben hatte denselben Gedanken.

„Zumindest um die großen“, ergänzte ich.

Nur diese waren hervorgehoben. T, E, D, N, I, F in der ersten Zeile, S, A, D in der dritten, D, L, E, G in der fünften. Und so ging es weiter.

„Aber das ergibt keinen Sinn“, meinte Ben.

„Doch!“, rief Mina. „Du liest falschrum!“

„FINDET ... DAS ... GELD. LOEST DAS RAETSEL.“

Findet das Geld?! Löst das Rätsel? Hatten wir das nicht gerade getan?

„Soll das ein Scherz sein?“ Ben knallte die Kugel zurück auf den Tisch. „Wegen diesem Scheiß-Überfall hat meine Familie zigtausend Euro verloren, Jörn ist alleine mit dem Boot los und ... vielleicht ...“

Tot. Wir dachten es alle, aber niemand wagte es auszusprechen.

Ben wusste nicht, wohin, und trat gegen den Mülleimer, der von der Wand abprallte und fast Mina erwischte. Ben bemerkte das gar nicht.

„Das ist nicht witzig!“, sagte er.

Nein, das war es nicht.

Ben zog sein Smartphone aus der Hosentasche „Mir reicht's! Ich ruf meinen Vater an, der kennt den Direx gut und auch jemanden von der Schulbehörde, wenn es sein muss."
Doch er hatte keinen Empfang. Mina und mir ging es nicht besser.
„Spätestens um halb sechs sind wir hier raus", sagte ich, während ich den Papierkorb aufhob, der bis auf einen einzelnen quadratischen Zettel leer gewesen war. Ich warf ihn und das zusammengeknüllte Stück Papier wieder zurück in den Müllbeutel. „Wenn wir nicht auftauchen, laufen zehn Minuten später die Telefone unserer Eltern heiß."
„Oder auch nicht!" Mina hielt ein Schreiben hoch, das sie in ihrer Tasche gefunden hatte, als sie ihr Handy verstauen wollte: „Sehr geehrte Frau Dr. Müller, sehr geehrter Herr Direktor Dr. Kemnat, leider kann unsere Tochter Mina Samir wegen eines Magen-Darm-Infektes nicht an der Klassenfahrt teilnehmen. Wir bitten Sie, ihr Fehlen zu entschuldigen. Mit Dank für Ihr Verständnis ... bla, bla ..."
Mit böser Ahnung griffen Ben und ich nach unseren Taschen, fanden dort ähnliche Briefe, etwas anders formuliert, aber alle mit dem gleichen Inhalt. Es waren Kopien, wie an den druckerschwarzen (gefälschten) Unterschriften zu erkennen war. Die Originale hatten den Direktor und unsere Klassenlehrerin wahrscheinlich längst erreicht. Unsere Eltern würden uns ebenfalls nicht vermissen, meine Mutter kam normalerweise

sehr spät aus der Kanzlei und hatte sich schon am Morgen verabschiedet. Bei Ben sah es ähnlich aus und Minas Familie war für ein paar Tage verreist. Unsere Eltern wähnten uns auf Klassenfahrt, unsere Lehrer krank im Bett. Nicht gut. Gar nicht gut. Wer immer uns hier eingeschlossen hatte, hatte an alles gedacht. Nur wer?

„Wir sitzen also hier fest?“ Bens Stimme war brüchig vor Wut, und ich fragte mich schon, gegen was sie sich als Nächstes richten würde. „Ohne Wasser, ohne was zu essen, ohne Klo ...“

„Wasser gibt's“, sagte Mina tonlos und deutete auf das Waschbecken, das in der flachen Nische rechts der Tafel unter einem erstaunlich blanken Spiegel hing.

„Taugt notfalls auch als Klo“, ergänzte ich in einem kläglichen Versuch, die Stimmung hochzuhalten. „Oder du nimmst einen Eimer.“ Vor dem Waschbecken stand ein mit Schwämmen, Wischmopp, mehreren Eimern und Reinigungsmitteln voll ausgestatteter Putzwagen, der wohl stehen geblieben war, nachdem jemand freundlicherweise die drei Tische in der ersten Reihe sauber gemacht hatte.

„Mmmh. Lecker. Vielleicht sollten wir uns ein paar Liter Wasser abfüllen, bevor jemand reinpinkelt“, meinte Mina trocken. Ben versetzte das nur mehr in Rage. „Das ist verdammt noch mal Freiheitsberaubung! Darauf stehen ein paar Jahre Knast!“ Bemüht, ruhig zu bleiben, füllte Mina ihre Wasserflasche. Ich tat es ihr nach.

„Das war bestimmt Nadjafi! Neben den 50.000, die meine Eltern für die Schule gespendet haben, hat er meinem Vater eine 20.000-Euro-Uhr und einen Siegelring geklaut! Und meiner Mutter …“

„He, das ist doch gar nicht klar!“, unterbrach ich Ben. „Unschuldig, bis die Schuld bewiesen ist! Schon mal davon gehört?“

„Klar, dass *du* das sagst.“ Bens Blick lief an mir hoch und wieder runter, bevor er mir den Rücken zudrehte und mit den Fäusten gegen die Tür trommelte, was natürlich nichts brachte.

Erst Vorverurteilung, jetzt Sippenhaft. Toll. Aber damit war zu rechnen gewesen. Die Sympathiepunkte, die meine Mutter durch ihre Spende für mich gewinnen wollte, hatte sie wieder verspielt, als sie die Verteidigung des Hausmeisters übernommen hatte.

„Luca hat recht!“, sprang Mina mir zur Seite. „Und außerdem: Nadjafi kann uns gar nicht eingeschlossen haben, er sitzt doch in U-Haft.“

Damit brachte sie mich in Verlegenheit. „Na ja, nicht wirklich.“

Minas Braue hob sich.

„Er ist auf Kaution frei.“

Hoffentlich fragte sie jetzt nicht, woher ich das wusste, ich konnte schlecht zugeben, dass ich einen heimlichen Blick in die Akten meiner Mutter geworfen hatte, die auf dem Wohnzimmertisch lagen, während sie im Nebenzimmer telefonierte.

„Woher weißt du das?“

Verdammt.

„Das stand in allen Zeitungen.“ Ohne es zu ahnen, rettete Ben mich.

„Hast du das nicht mitbekommen?“

Was nicht in den Zeitungen gestanden hatte und was ich mich zu erzählen hütete, war, dass nicht der Hausmeister oder seine Familie die Kaution gezahlt hatte (sie hatten sie nicht aufbringen können), sondern jemand anderes. Jemand, der nicht wollte, dass das an die Öffentlichkeit kam. Keine Ahnung, wer.

„Also kann es Nadjafi sehr wohl gewesen sein! Jetzt und bei der Spendengala!“ Ben, der von seiner Überzeugung nicht abrücken wollte, schlug ein letztes Mal gegen die Tür. „Er kennt die Schule in- und auswendig, hat die Bühne und die Technik aufgebaut, Schlüssel für fast alle Räume, jede Gelegenheit, die Rauchraketen und MP3-Player zu verstecken. An die Löwenmasken des Handballteams zu kommen – auch kein Problem.“

Dass die Masken die Glücksbringer der „Löwen“ waren, hatte ich erst im Nachhinein erfahren. Dazu gab es irgendeine Geschichte von einem legendären Auswärtssieg, die ich mir nicht gemerkt hatte, weil ich sie wie die meisten Sportanekdoten unendlich langweilig fand.

„Und …“ Ben spielte seinen Trumpf aus. „… er hat die Aula ver-

lassen, kurz bevor Galle seine Rede gehalten und den mechanischen Löwen angekündigt hat."
Das stimmte. Ich hatte es selbst gesehen.
„Sich umzuziehen und mit der Sackkarre zurückzukommen dauert keine fünf Minuten. Der Rest auch nicht viel länger, weil er weiß, worauf er achten muss. Er verlangt die Schlüssel, zwingt Kemnat und Galle, den Tresor zu verladen, lässt die Wertsachen einsammeln – und weg ist er. Draußen wartet der Komplize, sie wollen durch den Keller abhauen, wo Nadjafi eins übergezogen bekommt ..."
„Schöne Theorie", unterbrach Mina. „Aber mit einer Menge Ungereimtheiten! Wenn es zwei Täter waren, wieso wartet Nummer zwei draußen? Zu zweit wäre es doch viel schneller gegangen. Und wieso durch den Keller? Mit dem Tresor?! Wie haben sie den die Treppen runterbekommen? Und vor allem: Wo ist er abgeblieben?!"
Ben wollte Minas Einwände nicht gelten lassen. „Vor der Schule stand Security, schon vergessen? Wer weiß schon, ob die nicht eine Runde im Gebäude drehen und plötzlich auftauchen? Also muss jemand Wache halten. Hinterher einfach zum Haupttor rausspazieren ging auch nicht. Aber ich wette, im Keller gibt es mehr als einen Hinterausgang. Einen, der nie benutzt wird. Und wer, wenn nicht der Hausmeister, würde das wissen?"
„Jeder, der sich einen Gebäudeplan besorgt", sagte Mina. Das war auch wieder wahr, trotzdem war an Bens Konstrukt was

dran – mit dem er noch nicht am Ende war: „Außerdem: Vielleicht haben sie den Tresor gar nicht hier runtergebracht? Vielleicht haben sie ihn schon oben geknackt? Und irgendwo versteckt?“

Das schien mir einerseits logisch und andererseits überhaupt nicht. Immerhin war die ganze Schule durchsucht worden, und einen fast dreihundert Kilo schweren Stahlschrank, auch wenn er nicht besonders groß war, eben mal verschwinden zu lassen, war keine ganz einfache Aufgabe.

Aber selbst falls Bens „Wenns“ und „Vielleichts“ zutrafen, blieb immer noch die Frage, warum das Geld noch hier sein sollte, warum Wer-auch-immer, Nummer zwei, Mister X, nicht damit abgehauen war?

Auch dafür hatte Ben eine Hypothese. (Wie lange hatte er sich mit dem Fall beschäftigt?): „Was, wenn Nummer zwei Panik bekommen hat? Es hat nicht lange gedauert, bis die Sicherheitsleute auf der Suche waren. Und die Polizei war auch ein paar Minuten später da.“

Wäre möglich. Mit dem Geld und dem Schmuck erwischt zu werden kam einem Schuldeingeständnis gleich. Beides zu verstecken und wieder abzuholen, wenn keiner mehr damit rechnete, erhöhte die Chance, davonzukommen. Aber warum hatte das bis jetzt niemand getan? In den Sommerferien wäre doch die beste Gelegenheit gewesen, die Schule war sicher nicht sechs Wochen rund um die Uhr bewacht, oder doch?

138

Die einzige andere Erklärung, die mir dafür einfiel, schrieb Bens Theorie fort und setzte voraus, dass der Hausmeister in die Sache verwickelt war: Er war niedergeschlagen worden, hatte nicht mitbekommen, wo das Geld versteckt worden war, und saß danach in Untersuchungshaft, konnte sich also nicht auf die Suche machen. Wer auch immer ihn hintergangen hatte, musste befürchten, verraten zu werden, und hatte sich abgesetzt. Jetzt, da Nadjafi frei war, bot sich für ihn die erste Gelegenheit, nachzuforschen, nur ... nur ergab das alles keinen Sinn. Wieso suchte er das Geld nicht selbst? Oder hatte er das – ohne Erfolg? Aber wie konnte er dann sicher sein, dass es in diesem Raum versteckt war? Und warum hatte er ausgerechnet uns drei ausgewählt? Darauf hatte auch Ben keine Antwort.

„Durch Rumsitzen finden wir es nicht raus. Je früher wir anfangen, desto eher sind wir draußen!“ Mina stieß sich von der Tischkante ab, gegen die sie sich gelehnt hatte. „Also los. Oder wollt ihr hier drin verschimmeln?“

Wir wollten nicht.

Lies weiter auf Seite 110!

139

●▲■

Wie lange wir brauchten, bis wir darauf kamen, dass mit „dein Buch“ das Buch gemeint war, das ich dabeihatte (immer dabeihatte – es war mein Lieblingsbuch), kann ich gar nicht sagen. Lange. (Richtig unheimlich fand ich, dass Nadjafi an meine Tasche gekommen war und die Pfeile auf den Buchrücken gemalt hatte, ohne dass es mir aufgefallen war.)

Mina wurde schon ganz unruhig, doch als wir den Code hatten und ihn eingeben wollten, war da: nichts. Kein Vorhängeschloss, kein Tastenfeld. Nur ein kleines, schwarzes Gehäuse unter der Klinke.

„Vielleicht sind die Tasten unter einer Klappe?“, überlegte Ben.

Keine Klappe. Nur Plastik und eine Art Netz.

„Leuchte mir mal!“, bat ich Ben. „Ich seh hier nichts.“

Besonders viel Licht kam nicht ins Schrankinnere. Aber bis Ben sein Smartphone hervorgekramt hatte, ertastete ich einen Druckknopf. Ein charakteristisches Knacken, ein kaum merkliches Rauschen: Es war ein Mikrofon.

„Das Schloss funktioniert mit Spracheingabe!“, sagte ich.

„Wozu überhaupt ein Code, wenn jeder ihn mithören kann?“, sagte Mina, die von einem Bein aufs andere trat.

Eine berechtigte Frage. Womöglich standen die Schränke deswegen dort, wo sie standen.

Ich sprach den Code laut und deutlich aus.

Die Tür entriegelte sich.

„Na endlich!“ Trotz ihrer Ungeduld blieb Mina zurück, als wir hindurchgingen. Ich sah mich nach ihr um.

„Geht schon mal vor …“

Es dauerte einen Augenblick, bis ich verstand, dann zog ich Ben hinter mir her, bevor er nachfragen konnte. Eine Welle abgestandener Luft schlug uns entgegen. Der Raum war noch heruntergekommener als Physik U1: Von den schmalen Kellerfenstern blätterte die Farbe ab und die Griffe waren eingerostet, als wären sie seit Jahren nicht geöffnet worden. In mehreren Reihen standen dicht an dicht graue Stahlschränke mit Schubladen, die nach Jahreszahlen geordnet waren.

Dazwischen Aktenwagen. Einem davon fehlte eine Rolle, ein anderer war halb ausgeräumt und dann anscheinend vergessen worden, die Hängemappen darin waren vergilbt. Mein Blick fiel auf die Schublade, die mir am nächsten war, genauer gesagt auf das Pappkärtchen, das in dem Etikettenrahmen steckte. 1987. Da war ich noch nicht mal gedacht.

Ich hörte, wie Mina hinter mir durch die Tür trat und bei dem Anblick der endlosen Aktenreihen stockte.

„Und?“, fragte sie. „Kommen wir hier raus?“

Ben und ich sahen uns an.

„Ihr habt es nicht mal probiert?“

Mit drei Schritten war Mina bei der Tür. Wir waren tatsächlich nicht auf die Idee gekommen.

Klack-klack. Die Klinke bewegte sich auf und ab, mehr nicht.

141

Mina konnte nicht wirklich damit gerechnet haben, dass es so einfach sein würde (das Schloss war ein Sicherheitsschloss), dennoch stand ihr die Enttäuschung ins Gesicht geschrieben.
„Eine der Schubladen steht offen!“, rief Ben, der sich im Raum umgesehen hatte.
Da alle anderen versperrt waren, hatte das sicher etwas zu bedeuten.
Eine Hängemappe stand schräg nach oben, sodass die Schublade nicht einrasten konnte, doch als Ben die Mappe herausnahm, waren nichts weiter als Zeugnisse darin. Uralte Zeugnisse. Aus der Zeit, als meine *Mutter* in der Zehnten gewesen war.
Wir blätterten einen Hefter nach dem anderen durch, fanden aber nichts, was uns weitergebracht hätte. Unvermittelt zog Mina die Schublade ganz heraus und leerte den Inhalt kurzerhand in den Aktenwagen. Bevor ich fragen konnte, warum, drehte Mina sie so, dass Ben und ich sahen, was sie gesehen hatte: Am Boden der Schublade klebte ein Stück Folie, darauf stand: „9c“. Darunter: „Spielregeln“.
Diesmal hatten wir gute Karten.

Du sicher auch: Blättere um!
Jetzt sind die Zeugnisse dran!

1 4 2

CCL

9c

Spielregeln:

- Drei Stapel aus je drei bilden.
- Im ersten nur April, im zweiten nur September, im dritten nur November.
- Dem Alter nach, unten alt – oben jung.
- Stapel verdecken.
- Stapel 1 auf Stapel 2. Beide auf Stapel 3.
- Beliebig viele Zeugnisse vom Stapel nehmen. Unter die verbleibenden Zeugnisse legen. Wiederhole noch 2 Mal.
- Teile 3 neue Stapel aus. Immer ein Zeugnis auf jeden Stapel.
- Stapel aufdecken.
- Nur Mathe zählt. Finde den Stapel ohne mangelhaft.
- Für die Lösung: Nimm das Übel in die Mitte.

EXIT DAS SPIEL

EIN TEAM. EIN RAUM. DIE ZEIT LÄUFT ...

Der atmosphärische Nervenkitzel für zu Hause! Gefangen in einem Raum versucht ihr, so schnell wie möglich zu entkommen – mit Teamgeist und Köpfchen. Schafft ihr es, die Rätsel des Raums rechtzeitig zu lösen?

ALLE SPIELE FÜR 1-4 SPIELER JE 12,99 € (UVP)

EXIT-DAS-SPIEL.DE

Wie viele Sterne sind noch nicht freigerubbelt?

30	Du bist der absolute Rätselmeister. Unglaublich! Wir ziehen unseren Hut vor dir!
27–29	Das war eine ganz starke Leistung. Du kannst verdammt stolz auf dich sein!
24–26	Wow! Du hast es drauf! Ein wirklich ansehnliches Resultat!
21–23	Nicht schlecht. Du scheinst ein echt cleveres Köpfchen zu sein.
16–20	Das ist doch schon ganz ordentlich. Mit diesem Ergebnis brauchst du dich nicht zu verstecken.
11–15	Okay, keine Glanzleistung – aber auch keine Katastrophe.
5–10	Das kannst du aber besser. So viel Hilfe hättest du bestimmt nicht gebraucht.
0–4	Ärgere dich nicht. Beim nächsten Mal hast du sicher mehr Erfolg.